总有一天会长大

四个第一次

[日] 佐藤牧子 著　周姚萍 译

时代出版传媒股份有限公司
安徽少年儿童出版社

著作权登记号：皖登字12121038号

图书在版编目（CIP）数据

四个第一次 /（日）佐藤牧子著；周姚萍译. —合肥：安徽少年儿童出版社，2023.9（2024.5 重印）
（总有一天会长大）
ISBN 978-7-5707-1962-4

Ⅰ.①四… Ⅱ.①佐… ②周… Ⅲ.①儿童文学－中篇小说－日本－现代 Ⅳ.①I313.84

中国国家版本馆CIP数据核字（2023）第097841号

ZONG YOU YI TIAN HUI ZHANGDA SI GE DI-YI CI
总有一天会长大·四个第一次

［日］佐藤牧子 著
周姚萍 译

出 版 人：李玲玲　　策划统筹：张春艳　　责任编辑：张春艳
责任校对：江　伟　　责任印制：郭　玲　　特约编辑：陈　奇
装帧设计：薛　芳　叶金龙　　内文插图：丁志杰
出版发行：安徽少年儿童出版社　　E-mail：ahse1984@163.com
新浪官方微博：http://weibo.com/ahsecbs
（安徽省合肥市翡翠路1118号出版传媒广场　　邮政编码：230071）
出版部电话：（0551）63533536（办公室）　63533533（传真）
（如发现印装质量问题，影响阅读，请与本社出版部联系调换）

印　　制：安徽新华印刷股份有限公司
开　　本：635 mm × 900 mm　1/16　插页：4　印张：10.5　字数：120千字
版　　次：2023 年 9 月第 1 版　2024 年 5 月第 2 次印刷

ISBN 978-7-5707-1962-4　　定价：29.80元

真理奈好开心，因为哲哉的笑容，更因为自己终于叫出了“哥哥”。

有这么好玩儿吗？省吾实在想不通。两个人共骑一辆路边的破自行车溜下坡，就这么好玩儿吗？

“我们好像在开派对呢。”

“没错，今天晚上我们就是在开派对。”

绫子将塑料袋和小钱包一起塞进侧背袋，接着像逃命似的跑下楼梯。

说出青春幽微细腻处

知名儿童文学作家 周姚萍

青春期是人生中的狂飙阶段。在这个阶段，心是最躁动不安的，像起风了的大海，充满动荡，甚至出现惊涛骇浪。少男少女在青春期面临各种“第一次”时，心理就更微妙了。

《四个第一次》描绘的，正是四个刚踏入青春期的少男少女各自所经历的“第一次”的故事。其中有寻常生活的心理描绘，像《真理奈的故事——第一次有哥哥》，也有较具冲击性的主题，像《省吾的故事——第一次骑路边的自行车》《亮平的故事——第一次拥有秘密之家》，以及《绫子的故事——第一次买内衣》。不过，不管是哪个故事，作者所采用的都是丝毫不渲染、平浅清淡的书写方式。

此外，在情节的铺陈上，即使是后面三个不寻常的故事，作者也没有刻意将情节描写得跌宕起伏，更没有给人物设置夸张的矛盾和冲突。相反，不管是哪个故事，她主要都是借由主角一次又一次细致微妙的心理变化，呈现出故事的起伏波折。

在《真理奈的故事——第一次有哥哥》中有许多细腻的心理描写，比如，真理奈突然多了一个哥哥，家庭关系的重整导致她情绪波动得厉害；还有，真理奈老是被姐姐当成小孩，以至于她产生“讨厌姐姐，却又希望姐姐认同”的心绪；另外，真理奈目睹妈妈在这场变动中扮演“宽容、接纳”的角色，也产生了种种微妙的感受，让人读来心生温暖。

在《省吾的故事——第一次骑路边的自行车》中，作者把省吾极不认同、又不敢违背最好的朋友雄介提出的骑路边的自行车的要求，以至于对雄介、对自己生气的情绪，刻画得十分立体。作者更借雄介这个角色，将处于青春期的男生的旺盛的精力、莫名起伏的心绪、怪异的行为举止等，都非常生动地呈现了出来。

而在《亮平的故事——第一次拥有秘密之家》中，作者则将亮平急于挣脱自己在家中困顿的处境、获得自由的心情，描绘得丝丝入扣，并且鲜活地书写出亮平等人站在即将“长大”的关卡上，那种混合着疑惑和期待的情绪。

在《绫子的故事——第一次买内衣》里，发育得较晚的绫子对自己平坦的胸部既感到不安，又充满期待。而绫子对母亲的感情则是既依赖又疏离：像小孩子一样，晚上要让母亲为她在走廊上留一盏小灯才睡得着；由母亲带着去买内衣，才感到十分安心……然而她又埋怨母亲啰唆、不解人意。

故事都取材于孩子在成长中会面临的叫他们紧张不安的第一次经验，作者更是费心刻画出处于青春期的孩子共同的心理变化。这些起伏不定、复杂矛盾的心理被真实、自然地呈现在纸上，对小读者的触动也更直入心中，就像直接让故事中的主角说出原本存在着、纠结着、掌握不了又梳理不清的幽微心绪。

这四个故事是各自独立的，有各自的主题。《真理奈的故事——第一次有哥哥》讲家庭关系的变动，《省吾的故事——第一次骑路边的自行车》描述的是躁动不安的青春与友情，《亮平的故事——第一次拥有秘密之家》讲父母对孩子的不公平对待，《绫子的故事——第一次买内衣》则说的是少女如何面对身体发育的困惑和烦恼。

然而四个故事的内涵却是隐隐相通的，都传达出这个年纪的孩子“谁能了解我”的心情——就像真理奈不为姐姐所了解，省吾不为自己所了解，亮平则不为爸妈所了解，绫子不为母亲所了解。故事也都把这个年纪的孩子对自己的不确定、想挣脱眼前的困境，以及与周遭的人们依恋又疏离的矛盾关系，呈现得淋漓尽致。

另外，作者在这四个看似独立的故事中，做了巧妙而有趣的呼应和联系。例如，在真理奈的故事中，描述了真理奈和姐姐进浴室洗澡、洗了内裤和内衣的场景。等进入了绫子的故事中，妈妈不知道如何处理绫子胸部发育的事，打电话给真理奈的妈妈，还询问真理奈是否穿了内衣，就使得两个故事联系上了。

而在真理奈故事的结尾，省吾骑着自行车出现，暗示着下个故事的主角已经出场。

在亮平的故事里，作者写到亮平喜欢绫子弹钢琴的声音，这就为绫子的故事埋下了伏笔。

翻阅这本书时，小读者不仅能透过书中的角色看到自己的影子，让心绪随着他们微妙的心理激荡、沉淀，还可以试着找出书中隐藏的线索与呼应之处，开启充满乐趣的阅读之旅！

目录

Contents

注：本书插图系简体中文版独有

真理奈的故事——

第一次有哥哥

她确实感觉到有两颗弹珠沉落心底，
也就是“我有一个哥哥”
和“除姐姐之外，我还有一个哥哥”。

九月中旬的一个星期六，爸爸下午出门上班后，很难得地在晚上七点左右就回来了。爸爸是妈妈口中的“工作狂”，平常连星期六也会去公司加班，都是差不多晚上十点才会回到家。

爸爸回来时，妈妈、真理奈与姐姐织花正在吃晚餐。电视里像平常一样播放着新闻，真理奈与织花爱看的节目，晚餐后才会播出。爸爸直接向卧室走去，过了一会儿，他换上在家里穿的红色运动上衣和运动长裤出来了。

“爸爸，拜托，别再穿这套运动服了。这个颜色不适合你，我要讲多少次你才懂啊？”织花用尖细的声音说。

爸爸对她的话没什么反应，只说了句：“我回来了。”他说话的语调和平常不同，有些怪怪的。

“爸爸今天回来得很早呀！”因为姐姐完全不管出现的异常状况，所以真理奈这么对爸爸说。

“嗯，有点儿事……”爸爸回头看着厨房里的妈妈，说，

“总之，先来点儿啤酒和下酒菜吧！”

妈妈把罐装啤酒和蚕豆放到爸爸面前。爸爸“啵”的一声拉开啤酒罐拉环，“咕噜、咕噜”喝了一大口，然后说：“你们可以先离开吗？我有话要跟妈妈说。”

爸爸的声音听起来没什么自信，一点儿都不像平常的他。真理奈和织花嘴里嚼着东西，同时打量着爸爸。

“你们为啥这样盯着我看……啊哈哈！”

好像有什么很好笑的事似的，爸爸晃着肩膀笑了起来，连椅子都发出“嘎嘎嘎”的声响。

“等吃完了再说，好吗？”妈妈温柔地说。

“不，先解决比较好……我就是为这个提早回来的。”

“什么事啊？”

织花的语气有些不耐烦。真理奈紧张地把嘴里的东西咽了下去。这种情景曾在电视连续剧里出现过，难不成……爸爸和妈妈也……

“你们该不会要离婚吧？”

织花把真理奈的想法说了出来。爸爸故意发出“扑哧”一声，还哈哈地笑了。然后，他又“咕噜、咕噜”喝着啤酒，并对着妈妈摇摇空啤酒罐。妈妈起身去拿啤酒。

“谢谢，啊，其实……”

爸爸又“咕嘟”一声喝了口啤酒，身体向前倾。妈妈沉默地站着，接着关掉电视，坐在爸爸的旁边。客厅一下子变得静悄悄的。

真理奈看了姐姐一眼。织花的一只手肘撑在桌子上，手掌托着下巴，对着真理奈露出一副“我也不知道”的表情。

“真理奈曾经说过想要一个哥哥，是吧？”

“啊……嗯。”真理奈点了点头，她记得自己确实这么说过。

爸爸就像个魔术师似的，快速地把两手张开，边笑边说：“事实上，你们有个哥哥。”

真理奈呆呆地看着爸爸的脸，又看向妈妈。妈妈转头看着真理奈，对她露出微笑——那是真理奈最喜欢的温柔的笑脸。

“这是怎么回事？”织花压抑着声音问道。

“事实上……”爸爸放下双手，说，“就像我说的，你们有个哥哥。织花已经读初二了，真理奈也已经念小学六年级了，所以我和妈妈商量，差不多是可以告诉你们的时候了。嗯，就是这样。”

房间里一时安静下来。

“你说我们有哥哥……”织花抬起头，一副下定决心的表情，她飞快地把直直的头发往后拨，“只说这么多，我们还是搞不懂啊！你得再说清楚一点儿才行。”

“也就是说……”爸爸又张开双手，脸上有着抱歉的表情，却勉强挤出了笑容，“其实呢……”

“织花和真理奈呀，”妈妈平静地说道，“爸爸在和妈妈结婚前，有过一次婚姻，也生下了一个孩子。那是个男孩，叫哲哉。哲哉还是婴儿时，爸爸和哲哉的妈妈就分开了，后来也一直没有见过面。不过哲哉念大学时，跟你爸爸取得了联系。有时，他们会像朋友一样聚一聚。在这之前，我们都没有跟你们提起这件事，并不是要刻意隐瞒……不过，从你们的角度来看，这确实是一种隐瞒。”

妈妈看了看真理奈和织花，又看了看爸爸。爸爸默不作声，只低头盯着手中的啤酒罐。“不过你们现在都大了，所以就像爸爸刚才讲的，我们商量着要跟你们说清楚；哲哉也开始工作了，工作看起来相当稳定！”妈妈又说道。

工作？大学？真理奈的脑中一片混乱！她想：“我想要的是比姐姐稍微大一点儿，对，差不多是念高中、性格温和的哥哥。然而，爸妈却突然告诉我，我有一个年纪这么大，而且已经是大人的哥哥……”

真理奈思绪混乱，把妈妈刚刚说过的话切成一小段、一小段：爸爸和别的女人结过婚……还生过一个孩子……爸爸在和妈妈结婚之前……真的……真的有这种事吗？

爸爸又喝了一口啤酒，开口说话了，声音比先前镇定许多。

“哲哉今年春天大学毕业，现在在一家电视节目制作公司工作。他毕业于N大学的艺术学院。现在住在杉并区①一带。”

“一个人住？啊，好痛！”姐姐在桌下踢了真理奈一脚。

“他也有自己的家庭和家人。哲哉有个弟弟，是吧？”妈妈说着。爸爸“嗯”着回应，并点了点头。

“有自己的家人，那……喂，很痛呀！”

真理奈又被姐姐踢了一脚，她赶紧缩回两只脚，一本正经地坐着。她的思绪更混乱了。因为不但突然被告知“你们有个哥哥”，而且还得知“他也有自己的家人”……

“那个家和我们这个家有什么关系呢？爸妈所说的‘哲哉的弟弟’，也会变成我们的兄弟吗？”真理奈出神地想。

“大学毕业……应该二十岁了吧，不，应该二十二岁了？”最后，织花像是在自言自语。

“对了，织花不是对电脑设计很感兴趣吗？哲哉可以教你很多这方面的知识。他的专业正好是电脑设计！”

“孩子她爸，”妈妈碰了碰爸爸的手肘，“今天就先这样吧！你看看真理奈，就像被竹枪瞄准的鸽子似的。况且明天就要见面了呀！”

“嗯，是啊！”

“明天？”织花很谨慎地问。

①杉并区：日本东京一个自然环境很好的住宅区。

爸爸放下啤酒罐，用若无其事的语气说："明天是星期天，我邀请哲哉到家里来，跟我们一起吃晚饭。"

"咦？"

从讨论这个话题开始到现在，真理奈和织花才对视了一眼。

"为什么不早点儿说呢？明天就……我们需要做心理准备啊！"

"对啊！我们需要做心理准备。"真理奈也嘟起嘴说。

"好了好了。"爸爸笑着，双手像是弹钢琴似的舞动着。

"我一直想着'该什么时候说''该怎么说'……结果就拖到了今天。请你们体谅我一下。"

爸爸转头看着妈妈，像是引颈企盼着救生艇似的。妈妈再一次看向真理奈和织花。

"别担心，妈妈也是第一次和哲哉见面呢。"

妈妈说着，又温柔地笑了起来。她对真理奈点了点头。

爸爸用遥控器打开电视，这表示谈话已经结束。真理奈和织花开始默默地吃起饭来。

"饭菜都冷了吧？用微波炉热一下吧。"

虽然妈妈这么说，织花和真理奈却不约而同地回答"不用了"。真理奈原本可以比姐姐早点儿吃完，但她想和姐姐单独相处，好问姐姐一些事，那些她还没问过爸妈的事。

姐妹俩差不多同时结束用餐。她们把各自的餐具拿到洗碗槽里，并肩站着清洗自己的碗盘。

“碗盘放着就好了，反正爸爸现在才开始吃，我等一下也得收拾。”妈妈说。

“知道了。”织花说着，抢先一步走出厨房。真理奈在通往二楼的楼梯口追上织花。两个人什么都没说，默默走进二楼织花的房间。

织花“咚”的一声仰面躺在铺着暗黄绿色床单的床上，真理奈坐在姐姐的旁边。

“姐姐？”

织花挑起了一边的眉毛，好像在问真理奈：“干吗？”每次真理奈问她问题时，织花都用这个表情来代替回答。

“刚才你为什么踢我的脚？”想问的事情一大堆，真理奈的嘴里却冒出这么一句话。

“为什么……因为妈妈很可怜哪！”

“妈妈为什么很可怜？”

“因为……说了也是白说，你还不懂，等你长大三岁再说。”

“到底是为什么呢？”真理奈生气地摇着姐姐的身体，“喂，妈妈到底为什么很可怜？”

织花瞪着天花板，皱着眉头说：“因为爸爸是被打过一次叉的人哪！”

“所以妈妈吓了一大跳喽？”

“就像晴天霹雳一样。”

“你是说妈妈没办法相信吗？”

织花没有回答，只是盯着天花板。真理奈虽然搞不清楚什么是晴天霹雳，却懂得“被打过一次叉的人”是什么意思。电视连续剧和漫画书里常常出现这样的字眼，是指这个人过去曾离过一次婚。

不过，自己的爸爸竟然就是“被打过一次叉的人”……而且还有一个孩子……真理奈盯着自己的脚趾看。她脑袋里塞满爸爸妈妈，还有姐姐刚刚所说的那些事，因此觉得木头地板看起来是斜斜的。

真理奈心神不宁地晃动着脚趾，脚趾听话地摇动着，脑筋却一点儿也转不动……

织花猛地坐了起来，掰着手指数数：“他几岁呢？比我大几岁呢？”接着她又恢复四仰八叉的姿势，嘟囔着，“他比我大八岁吗？”

“姐姐比我大三岁，那……”真理奈不自觉地叫道，“那他比我大十一岁喽？”

“加法还真有用呢，对吧？”

“别耍我啦！姐姐，我搞不懂，那个叫哲哉的人是我们的哥哥，对不对？”

织花又挑高一边的眉毛，好像在问真理奈："所以呢？"

"那对妈妈来说，他又是什么呢？是她的小孩吗？"

"应该说是有亲属关系的儿子。"

"有亲属关系的儿子……"

一个新的事实、新的用语又出现了，真理奈不知道要把它放在心里的哪个角落比较好。这个用语就像拼图当中的一小块，在她的脑子里浮荡。

"意思是说，他和妈妈并没有血缘上的关系。"

"嗯——那……"

"等等，等等。"织花再次从床上坐起来，转向真理奈，"爸爸今年四十五岁了吧？"

"嗯……对啊！今年他过生日时还说，四舍五入的话，他就五十岁了。"

"嗯——也就是说……哦，原来如此！"

"怎么了，跟我说嘛。"真理奈摇晃着织花的胳膊说。

"所以呀，"织花一副遇到麻烦事的模样，接着说，"现在要用到减法了。四十五减二十二是多少？"

"二十三。"

"就是这样喽。"

"就是怎样？"

"爸爸是在二十三岁的时候有了儿子，所以他比一般人更早结婚，会不会在念书时就结婚了？”

“爸爸在念书时就结婚了？”

“我不知道啊。”

又有一个新事实加了进来，真理奈的脑袋快被塞爆了。如果用电器故障来比喻的话，就是大脑短路。

“爸爸和妈妈是什么时候结婚的？”

“嗯……我现在是十四岁，他们至少是在十四年前结婚的。”

也就是说……真理奈拼命让自己的脑袋运转起来：“姐姐现在十四岁，那个叫哲哉的人二十二岁，也就是说，爸爸在生下姐姐之前很久很久，就已经知道自己有哲哉这个小孩了。也就是在和妈妈结婚之前很久很久，在生下我之前更久更久。”

想着想着，她不再觉得地板斜斜的，而是觉得自己的身体摇摇晃晃，歪向了一边。她一直就这么和爸爸、妈妈、姐姐四个人一起生活，现在事情却突然变了样，变得非常复杂……

“姐姐？”真理奈盯着自己的脚趾说。就算不看姐姐，她也知道姐姐一定挑起了眉毛，“你刚才不是说妈妈和哲哉没有血缘关系吗？那我们和哲哉的弟弟又是什么关系呢？”

“完全没有血缘关系，这不用想也知道。”织花仿佛觉得真理奈很笨，从鼻子发出“哼”的一声，“因为爸爸的前妻是和别人再婚，然后生下了哲哉的弟弟呀。”

“是啊，是这样没错。那我们和那个人只是亲属关系……”

“嗯……从法律上又会怎么看呢？”

法律？为什么会跑出法律这个东西呢？真理奈完全糊涂了。织花却很快站了起来。

“我要去洗澡了。”

她从衣橱里拿出当作睡衣穿的旧T恤和运动裤，迅速走出房间。

真理奈坐在织花的床上发呆，过了好一会儿才缓缓走下楼，思绪依旧混乱。

真理奈想知道爸爸和妈妈后来说了些什么，也由此想到：“我和姐姐那样的反应正常吗？我们是不是要显得更惊讶一些……不过，事情来得这样突然，什么也顾不得了嘛……”

她走到客厅入口，看到爸爸正对着桌上的笔记本电脑“啪啪啪”地打字。电视里正播着九点钟的晚间新闻。妈妈在厨房里清理碗盘。

真理奈跑去打开冰箱，拿出橙汁。她并不渴，所以只往杯子里倒了一点点。

“真理奈，你不跟姐姐一起洗澡吗？”

“才不要呢！姐姐最近总说我会妨碍她。”

“因为姐姐大了嘛。”

“妈妈？”

“什么事？”

“嗯……”

真理奈把空杯子放在水龙头下冲洗。不论是爸爸还是妈妈，看起来都跟平时没两样，就连客厅里的空气也跟平时没两样。但真理奈提出问题时，声音却不自觉地变得很小。

“我想问明天的事。他什么时候会来呀？”

“下午五点。”

妈妈也小声地回答。不过，她的眼里带着笑意，好像觉得真理奈的样子很有趣。这时，浴室那头传来了开门声。

“姐姐洗好了，该你了。还有，作业做了吗？”

“做好了。我去洗澡喽。”

浴室的粉红色水桶里，像平常一样放着织花的内衣和内裤，并用稀释过的漂白剂浸泡着。真理奈也从五年级开始自己洗内衣裤。

她先洗澡，再洗衣服；先用肥皂洗内裤，再洗有草莓图案的内衣。洗好的内衣裤就和姐姐的一起放在水桶里。当她泡在浴缸里时，心想：“还好晚餐前功课就做好了，不然听到那些话，应该会没心情写作业吧。”

真理奈将身体沉进水里，只露出脑袋。“明天，该说些什么话才好呢？你好，第一次见面请多指教？还有，那个哲哉又是个什么样的人呢？跟爸爸像不像？跟我和姐姐像吗？毕竟我们有血缘关系呀。如果他很胖的话，那就很不讨人喜欢了，要是帅一点儿会比较好。”想到这里，真理奈觉得血液直往脑门冲。

这次真理奈真的口渴了，她穿着短袖睡衣又走到厨房，咕噜噜大口喝着乌龙茶。

“晚安。”

“晚安，别睡得太晚哟。”

“知道了——爸，晚安！”

真理奈深吸了口气之后，这么对父亲说。她想："要是连声招呼都不打就默默走出客厅，爸爸说不定会觉得我非常在意刚才他们谈论的那件事，搞不好还会以为我不欢迎他呢。这样爸爸就太为难了。”

“晚安，真理奈！”

爸爸停下了敲键盘的动作，直盯着真理奈看，接着像是想说什么似的张开嘴巴，却又闭上了。

“有什么事吗？”

“没事……好好睡吧。”

织花的房门半掩着，灯还是亮的。在这种情况下，要是真理奈进了她的房间，她也不会生气。

“姐姐？”

织花正趴在床上看漫画书，头发用毛巾包着。她转过头看着真理奈，挑高一边的眉毛，那意思是问“干吗”。

“他明天下午五点过来。”

“你去问的吗？”织花似乎吓了一跳。

“嗯，我问了妈妈。”

“你问了妈妈？除这个以外，你没有再多说什么吧？”

“没有啊。你干吗生气呀？”

“我哪有。”

“明明就有。”

“算了算了。没事的话你就出去吧，我的心情已经跌到谷底了。”

织花从床上爬起来，用力将漫画书丢到床上。

“歇斯底里！”

“你很吵，吵死了。”织花把真理奈推到房间外面的走廊上，然后砰地关上门。

“我只是想跟姐姐商量，明天哲哉来的时候要怎么跟他打招呼……”真理奈想着，感到很委屈，眼眶也湿了。

真理奈走进自己的房间，钻进被窝里，低声啜泣着：“姐姐真是歇斯底里！不过才大我三岁，却老是把我当成小孩子。明天，她明天最好不要像刚才那样在哲哉面前大喊大叫！”

墙的另一头传来织花在房间里走来走去的脚步声，以及椅子摩擦地板的声响，还听得到微弱的钢琴声。仔细聆听，那是富士海敏[①]弹奏的舒曼的《童年情景》。

真理奈在黑暗中聆听着，心情也渐渐平静下来。姐姐也是为了让自己平静下来，才播放了富士海敏的钢琴曲，而不是她一向爱听的滨崎步[②]的歌。

“谁说我不懂，我懂啊！”

真理奈小声地自言自语。她完全能够了解，尽管一开始脑子一团乱，搞不清楚状况，但现在已经可以了解了——如果不停地对妈妈提出问题，会让她觉得很不好受。

因为爸爸在和妈妈结婚前，跟别人结过婚，并且拥有家人、家庭。妈妈在跟爸爸结婚前，知道这件事吗？还有，妈妈跟爸爸的前妻见过面吗？这些问题，真理奈知道都不能问。

“所以我就没问哪！”

真理奈再次自言自语，还翻了个身。不过比起这些，她更想知道哲哉到底是个什么样的人。不知道什么时候，《童年情景》换成了别的曲子，是一首旋律起伏很大的曲子。

“我有一个哥哥。”

真理奈小声却又清楚地说。这句话慢悠悠、晃啊晃地沉

①富士海敏：日本著名的钢琴演奏家。
②滨崎步：日本女歌手、演员、主持人。

到真理奈的心底。

“除姐姐之外，我还有一个哥哥。”

这次，真理奈试着这么说。她闭上眼睛，感受着，等着这句话慢慢地落入自己的内心深处。

从心的深潭映照出来的，是带有蓝色条纹的弹珠。为什么会是弹珠呢？真理奈换成仰躺的姿势，双手放在胸前。最近班上的女同学流行玩小时候的游戏——打弹珠、扔沙包、跳橡皮筋和翻花绳。虽然不知道是谁带的头，但真理奈也收集了一堆漂亮的弹珠。

真理奈想：“总之就这样了，我有两颗弹珠，我确定对我而言有两颗弹珠是非常重要的，其他的都是小事，或许吧！毕竟又不是发现自己还有一个爸爸。真是那样的话，就不是或许，而是肯定，其他的事肯定都只是小事。而且就像妈妈说的，等到明天就可以和哲哉碰面了，只不过要等到明天下午五点钟。”

真理奈又翻了个身，用手指抚摸着枕套的边缘，这是她从小养成的习惯。她摸着摸着，不知不觉就睡着了。

第二天，九月二十日，星期天的早上，真理奈一睁开眼睛，就觉得今天是个不同于以往的特别的日子。

“对了。”

真理奈猛地踢开棉被，从床上爬起来。今天是第一次和哲哉——哥哥——见面的日子。

书桌上的闹钟指针指着八点四十分。对真理奈来说，今天明明不用上学，自己竟然能在九点前醒来，实在很少见。或许是她潜意识里觉得今天是个特别的日子吧。

真理奈拉开窗帘，打开防雨窗，看到了湛蓝的天空。她情不自禁地露出了微笑。好天气让她开心。她换了衣服，下楼进了客厅。妈妈和姐姐正在吃吐司。真理奈有点儿惊讶，因为每逢星期六和星期天，姐姐总是以血压低为理由，睡到中午才起床。

“早安，今天你起得好早啊！”真理奈说。

织花从鼻子里发出“嗯”的一声，然后说：“你也很早啊！”

“眼睛自然而然就睁开了。姐姐呢？”

织花没有说话，只顾着把奶酪涂在吐司上。妈妈也帮真理奈泡了红茶。

“爸爸呢？”真理奈问道。

“还在睡呢，昨天晚上处理工作上的事，弄到很晚。”

“真是的……”

“难道对爸爸来说，今天和任何一个星期天没有差别吗？应该不会吧！”真理奈想，“不过，现在爸爸不在场比较好，如果他在的话，要跟他说些什么呢？也不能说什么吧？而且脑子又会变得一团乱。”

对了，两颗弹珠！真理奈想起昨晚睡前思考的事。她一边在吐司上抹着橘子果酱，一边轻轻晃着自己的身体。她确实感觉到有两颗弹珠沉落心底，也就是“我有一个哥哥”和“除姐姐之外，我还有一个哥哥”。它们好好地待在那儿，是带着蓝色条纹的两颗弹珠。

真理奈和织花收拾餐盘的时候，爸爸道着“早安”走进了客厅。

“啊，今天你起得这么早！我现在就去煮咖啡。”

“啊哈——”爸爸打了一个很大的哈欠。妈妈一边对爸爸说他应该多睡一会儿，一边把电咖啡壶拿了出来。爸爸没有回话，开始看报纸。

真理奈想：“我就说嘛，今天对爸爸来说是个特别的日子，对姐姐来说也绝对是。”

织花从桌子对面伸出手，一把扯下爸爸手中的报纸，说：“爸爸，去把你的红色运动服换掉，好吗？”

“知道了，等一会儿就去换。有这么可怕的姐姐，我还敢不换吗？”

爸爸那副高兴的模样，和他所说的话完全不相称。

吃完早饭后，爸爸开始洗车。织花飞快地跑上二楼。

“喂，真理奈。”

“干吗？”

“今天爸爸会不会开车带我们出去……开车带大家去吃晚饭之类的？”

“才不会呢，只会在家吃饭，大家一起在家吃饭。”

“可是，爸爸在给车子打蜡呢。”

“他只是在打发时间啦！因为他起得太早了，一定觉得忐忑不安吧！”

妈妈正用力搓洗着抹布。

真理奈跑去问道：“妈妈，今天的晚餐是什么？”

“花寿司和炸鸡，还有凯撒沙拉。我不知道哲哉喜欢吃什么，花寿司和炸鸡应该没问题吧？”

“我去跟姐姐讲。”

真理奈跑到二楼，发现姐姐的房门关着。

“姐姐？”真理奈敲了敲房门。

门里没有任何声音，于是真理奈喊着“我要开门喽”，就打开了房门。

“姐姐，你在干吗？”

织花衣橱里的衣服，现在像小山一样堆在床上和地板上，她正盘腿坐在地板上的衣服堆里。

“我在做什么又不关你的事！倒是你，你要干吗？”

“妈妈说今天的晚餐是花寿司和炸鸡，还有凯撒沙拉。”

“怎么像在过儿童节一样？”织花夸张地噘起了嘴。

“妈妈说因为不知道哲哉喜欢吃什么呀！”

“嗯，说得也是……啊——”织花突然扯着头发叫道，“怎么办？我该穿哪件衣服啊？”

“我也是啊！我得去换衣服了。”

真理奈迅速跑进自己的房间，像织花一样从衣柜里拿出一件又一件衣服，在地板上堆成了一座小山。

“穿裙子比较好吧。”

真理奈脱下五分裤，换上卡其色裙子，上身则穿上新的橘色T恤。因为姐姐的房间里有一面可以照出全身的镜子，于是她又立刻跑了过去。

“小心别踩到我的衣服。”

“姐姐，我这样穿可以吗？”

织花和真理奈的视线在镜中相遇。织花穿着棕色的裤裙，搭配黑色、没有图案的T恤。

“很好呀，就是小孩子的穿着嘛。”

“很孩子气吗？”

“你本来就是小孩子呀。”

“不穿这个了，我要去换掉。”

过了一会儿，真理奈又跑到织花的房间。

“咦？”

“跟我一样呢！”

两个人放声大笑，她们都穿了黑色、没有图案的T恤，并配上了牛仔裤。

“喂，你可不可以不要学我呀？”

“我又不是故意的。”

“是我先穿上黑色T恤的，你去换掉嘛。”

“怎么这样子呀！”

“我要有自己的样子。”

“那好吧，我这就去换，我也要有自己的样子。”

真理奈烦恼得不得了，不知道怎么搭配才好，最后她终于换上胸前用亮片缀成一颗心的黑色T恤，搭配白色裤裙，然后又跑去照镜子。

“姐姐，你决定就这样穿吗？那我这样穿好吗？”

她一边问，一边在镜子前打量着自己的模样。织花穿着浅橘色的T恤和牛仔裤，在床上躺成“大”字形。

“可以啦，我累了。照平常那样穿就行啦。”

“你是说真的吗？”

“是啊。”

一听织花这么说，真理奈看着自己身上的衣服，竟然觉得很做作，于是又跑回去换掉。这回她脱下胸前用亮片缀成心形的T恤，换上平时上学穿的粉红色T恤，然后搭配牛仔五分裤。

要是姐姐又改变主意，把自己装扮得很时髦，那就麻烦了。真理奈很担心，想去看看姐姐有没有再换上别的衣服，姐姐的房门却紧闭着，从门外听得到里面正放着音乐，是和昨晚一样的富士海敏的钢琴演奏曲。真理奈觉得这会儿还是别进去的好，于是就跑去找妈妈。

妈妈正用吸尘器清洁客厅的地板。

“这样可以吗？”

“咦？什么？”

妈妈关上吸尘器，转过头来。真理奈又把刚说的话重复了一次。

“哦，你是说衣服啊！很好啊，像平常一样就好了，哲哉又不是客人，他是家里的一分子啊。”

“是啊，不过……”

“不过什么？”

“我还是会紧张。”

“是啊，是会紧张。”妈妈说着，又温柔地笑了起来。

“的确会有点儿紧张，放轻松，放轻松。”

“有什么需要帮忙的吗？”

“等一下我再叫你，现在不用。”

“嗯，那等会儿我再来帮你。”

“好的。”

妈妈也和她一样紧张。真理奈知道这一点以后，不禁松了口气。

接下来，真理奈像乌龟爬行似的，慢吞吞地磨时间。她收拾四处散落的衣服，万一哥哥提出“可不可以看看真理奈的房间”的话，到时候不至于丢脸。然而，即使把乱七八糟的房间整理好，也才十一点而已。她想在客厅的沙发上看漫画书，却又无法集中注意力。

妈妈正在擦拭电视和音响。姐姐的房门始终紧闭着。

“爸爸呢？”

“在睡觉呢，他昨晚没睡好。”

“要我帮忙吗？”

“再等一会儿，等做菜时才需要。”

已经站起来的真理奈只好重新坐回沙发上。

电视上方，时钟的时针总算指到一点多的地方，吃午饭的时间到了。真理奈依照妈妈的吩咐，去叫爸爸和姐姐。不只是爸爸，连姐姐都在睡觉，真理奈因此觉得有点儿惊讶。

姐姐的房间里，衣服依旧像早上一样四处乱丢着。

真理奈去叫爸爸时，爸爸应了声“知道了”，马上就爬了起来。姐姐却说“我不想吃午饭”，然后用毛巾被盖住脑袋。直到妈妈在客厅打电话给织花，对她说“意大利面已经熟喽”，她才半睡半醒地从床上爬起来，还很郑重地把富士海敏的CD抱在胸前。

“姐姐，你刚才怎么在睡觉啊？”

刚才明明也在睡觉的爸爸竟然这么说。织花露出生气的表情瞪着爸爸，然后指着爸爸的胸口说：“爸爸，去把衣服换掉，马上去换。”

“现在不是才一点多吗？等会儿再换。”

他望着墙壁上的时钟，大口吞着意大利面。

“哲哉又不是客人，是家里的一分子啊！”真理奈说着，回头看了妈妈一眼。她说这句话，就像和妈妈在进行戏剧演出前的彩排似的。不过，妈妈只是低着头，默默地吃意大利面。爸爸吃完午餐，马上去换了白色上衣和牛仔裤。裤子的皮带顶着凸起的小腹。

“这样可以吗，姐姐？”

“没什么不可以的呀。”织花瞥了爸爸一眼，淡淡地回了一句。

爸爸随后对妈妈说“我去买酒喽”，就出门了。酒？真理奈看着姐姐的脸。

“又怎么了？哲哉又不是未成年人，他二十二岁了。”织花嘟囔着。

“是没错啦！”真理奈想着，“哲哉的确已经是大人，可以和爸爸一起喝酒了……”对于拥有一个年纪这么大的哥哥，真理奈再一次产生了不可思议的感觉。

她再次确认心底那两颗弹珠还在不在：“嗯，‘我有一个哥哥！’‘除姐姐之外，我还有一个哥哥！’这两颗弹珠，还好好地在心底，那就没事了！只要弹珠还在，晚餐时的表现大概就不会有问题了。嗯，大概，不，一定不会有问题的。”

“对了，姐姐。”

织花又挑起一边的眉毛。

“房间还是整理一下比较好，说不定哲哉会想参观我们的房间。”

“嗯……是有可能。”

织花“咚咚咚”地跑上二楼，过了半小时左右又回到客厅。之后大约又过了半小时，爸爸提着看起来很重的袋子回来了。

织花一边听着音响里流淌出来的富士海敏的钢琴演奏曲，一边懒散地靠在沙发上，几乎可以说已经陷在沙发里了。真理奈坐在织花旁边看漫画书，不过视线始终停留在同一页。

到了下午三点多，妈妈要她们帮忙把鸡肉裹上面粉和面包糠，大家忙碌起来，时间就过得比较快了。

母女三人站在厨房里，就像生产线上的工人一样，把自己处理过的东西交给下一个人操作。凯撒沙拉也是她们三个人一起做出来的。织花将硬硬的块状干酪磨碎，真理奈和妈妈将切成方形的面包片放在平底锅里煎炸。除原本预定的菜单外，妈妈还将奶酪、蛋、肉等配料摆在薄片面包上，做成法式开胃小菜。

三个人在厨房里忙碌时，爸爸一直在客厅里用电脑。音响里富士海敏的钢琴曲一播放完毕，织花立刻又跑去回放一遍。下午四点时，晚餐的准备工作完成了，待会儿只要把鸡肉放进油锅里炸一炸就行了。

“谢谢你们俩帮忙。”妈妈说。

真理奈和织花什么都没说，又坐回客厅的沙发上。

还有一小时……

妈妈用钢刷把料理台刷了刷，似乎没有换衣服或化妆的打算。爸爸的电脑旁边放着他的手机。对了，哲哉会打电话给爸爸，问他路怎么走，真理奈这么推测着。她抬头看看时钟，又看看爸爸的背影，再把视线转回漫画书上；然后又看时钟，看爸爸的背影，把视线转回漫画书上……

这时爸爸的手机响了，时间是四点四十五分。爸爸的来电铃声是歌曲《来自北方的旅馆》。织花总是说难听死了，求爸爸别再用这种来电铃声。

“哦！你现在在哪里？啊，商店街是吧，那就一直往前走，走到世田谷线的平交道。对，对，走到了吗？左边是一家面店，你就在那边等我，我现在出去接你。不会，不会，我马上出去，大概五分钟后到。那就先这样。”

爸爸结束通话，站了起来。真理奈和织花也立刻站了起来。

“我去接他了。”

爸爸不知道是在对谁说话。他走出客厅，打开玄关门，接着“砰”的一声关上了门。

“妈妈。”真理奈和织花叫着妈妈。

“什么事？”

姐妹俩彼此对看了一眼，织花便把真理奈刚才担心的事说了出来。

“妈妈，你这样穿好吗？”

“啊，这样穿不行吗？”

妈妈穿的是白色上衣和牛仔裤，外面套了一条米色围裙，妈妈的两只手在米色围裙上擦了擦。真理奈她们又对看着，织花轻轻耸耸肩，真理奈也学姐姐织花轻轻耸耸肩。

“这样穿应该可以吧？哲哉又不是客人。”

“这么说……也对啦！”

真理奈和姐姐又对视了一眼。还是换一下衣服比较好吧，真理奈是这么想的，但姐姐织花什么都没说，她也就跟着不说话了。

不久，门那边传来了“咔咔”的开门声，玄关门打开了。“我们回来了。”爸爸大声叫道。妈妈一边喊着“来了”，一边跑到玄关边，然后是织花，最后才是心脏跳得怦怦响的真理奈。

爸爸和哲哉站在门外的混凝土地面上。第一眼看到哲哉，真理奈觉得他长得又瘦又黑。他比爸爸大约高一个头；穿着的T恤、长裤和鞋子都是黑色的，连皮肤也被太阳晒得很黑；他的T恤有两颗领扣没扣上，所以里面戴着的银色链子露了出来；他的头发中分，刘海散落在额头上。

爸爸比妈妈矮三厘米，织花的身高快要超过爸爸了。爸爸现在站在比屋内地板矮上一截的玄关门外，看起来比家里的任何人都矮。

“欢迎欢迎，第一次见面请多指教。”妈妈很慎重地弯腰点头，“我叫泷泽直子。”

“我是织花。”

“我是真理奈。”

织花和真理奈也快速弯腰行礼。

“不用打招呼了，上来，上来。”

“好的。”

哲哉跟着爸爸脱了鞋子。爸爸没有把脱掉的鞋子放整齐，哲哉弯下腰来把他的鞋子摆好。

“来，进来，进来。这里是客厅，啊哈哈！”

爸爸伸手指着沙发，笑声有些不自然。

“来，坐，坐，就当作自己的家，啊哈哈！”

“谢谢，今天这么突然，不知道会不会打扰大家……”

“不会，不会，不要这么客气……哦，好痛！”

因为妈妈和哲哉同时弯腰行礼，结果两个人的头撞在一起，发出“咚”的一声。

“啊，真抱歉！”

“我才该说抱歉，痛不痛？是我毛毛躁躁的才会这样。”

大家都大声地笑了，爸爸笑得最大声。真理奈觉得很像在演戏，像在学校戏剧节中所演的戏，只不过现在这出戏是没有剧本的，所以她不知道该怎么演才好；而且，她也没办法好好看看哲哉的脸。

“坐，坐。”

爸爸再一次说道。哲哉在沙发的边缘坐下，接着又像弹簧似的站了起来，对妈妈说：“嗯……这个不成敬意……是我带来的小礼物……”

他把手上的纸袋递给妈妈。

“啊，这么……你不要这么客气嘛。”

“哪里，只是一点儿小心意。”

“谢谢，让你破费了。那我就收下了。”

“总之先坐下吧。织花、真理奈，你们也别站着，坐啊，坐啊。”

“好的，我就坐下了。”

哲哉还是坐在沙发的边缘，真理奈和织花则坐在自己平常的位置上。

“那，我来介绍一下吧——姐姐叫织花，‘织布’的‘织’，‘花朵’的‘花’。妹妹叫真理奈，真理，就是‘真理越辩越明’的‘真理’，奈是‘奈良’的‘奈’。咦，这个我之前说过了吧？”

“嗯，您说过是很好听的名字。”

“没错，没错。啊，孩子她妈，茶泡好了吗？”

“不用麻烦了。”

“别客气，别客气。”

妈妈在厨房里烧水，水煮沸的“啵啵”声越来越大。

真理奈心想：“如果真理奈和织花这两个名字很好听，那哲哉呢？哲哉、哲哉，听起来一点儿都不响亮。他为什么会取这个名字呢？是爸爸给他取的吗，还是……”真理奈看了织花一眼。织花就好像接到真理奈的信号似的，开口问道：“那你呢？”

“咦？”哲哉问。

“你的名字怎么写的？”

这个问题的答案是真理奈从昨天开始就一直想知道的。

“‘哲学’的……”爸爸和哲哉同时说道，然后彼此对视了一眼，哈哈笑了。

爸爸想让哲哉自己说，于是将手朝哲哉的方向一指。

“‘哲学’的‘哲’……啊，也就是‘小室哲哉[①]’的‘哲哉’。”

“原来如此。”

真理奈弄清楚哥哥的名字怎么写后，她的心就不再感到那么浮躁了。这时，妈妈从厨房端着放了两杯红茶的盘子走过来，边走边问哲哉：“你想喝红茶，还是饮料？”

“红茶就可以，麻烦您了。”

哲哉把红茶旁边的柠檬和方糖放进杯子里，用汤匙搅拌着。爸爸在减肥，所以没有放方糖。真理奈觉得，妈妈和爸爸还是把哲哉当成客人，因为妈妈用的是平常不会用的荷兰制茶盘和茶杯。

“你们俩想喝什么？”

“我们自己来。”

织花站了起来，跑到厨房从冰箱里拿出橙汁。

---

①小室哲哉：日本知名音乐人，连续四年获得日本年度唱片大赏，被公认为20世纪90年代对日本音乐界影响非常大的人。

“我也要喝橙汁。”

真理奈从橱柜里拿出两个杯子，织花静静地帮真理奈倒了橙汁。她们拿着橙汁又回到客厅。

爸爸和哲哉一边喝红茶，一边聊到了关岛。真理奈从一开始就竖着耳朵认真听。她知道哲哉为了拍摄电视广告，在关岛待了五天，所以才晒得这么黑。

“那边的海很漂亮，不过因为不是去玩，所以没办法享受。而且那个明星很年轻、很任性，根本不管别人，把现场气氛搞得很差，大家也累得半死。”

爸爸一边喝红茶，一边“嗯、嗯”地应和着。真理奈小口小口地喝着果汁，开始定下心来打量哲哉的脸。

他有一双大大的眼睛，双眼皮，眼尾微微往下垂，这和爸爸十分相像。不过，爸爸的鼻子比较宽、比较大，双下巴显得肥嘟嘟的，而哲哉的下巴比较尖瘦。

真理奈想起爸爸以前的照片——他抱着婴儿时期的她的照片，那时候的爸爸比现在瘦多了。哲哉和年轻时的爸爸应该很像吧？真理奈很想确认这一点，就跑去打开柜子，翻找旧相册。

织花和妈妈也跟着过去了。

“那本放着我小时候的照片的相册呢？在哪里？”

“放着你小时候的照片的相册？嗯……应该是这本吧！”

“啊，没错，就是这本。”真理奈抱着妈妈递给她的红色封皮相册，回到桌边。

相册的第一页，是真理奈刚出生时所印下的蓝色小脚印。真理奈又翻了一页，织花也凑过来一起看。

“爸爸那时候很瘦呢。”

听真理奈这么说，织花也点点头，附和着说：“对呀。”

“什么？你们在看相册吗？”

“嗯。”

爸爸和哲哉也加入看照片的行列。“那时候您真的很瘦呢。”哲哉转头看着爸爸。

“嗯，现在这些都是多出来的。”爸爸用双手抓着腹部的赘肉。

真理奈比较着照片上爸爸和眼前哲哉的脸，发现他们长得竟然不像。哲哉应该长得跟他的妈妈，也就是跟爸爸的前妻比较像。不过，我和姐姐都跟爸爸一样是双眼皮，也就是说我和姐姐在这方面跟哲哉很像，是因为有血缘关系吗？

“咦，那织花的照片呢？”哲哉问道。

“不要，不要，爸爸，别拿出来！”织花高声叫道。

“啊，我问了不该问的事。”哲哉把手放在自己头上，小声嘟囔着。

不过爸爸没有理会织花，还是把放着织花小时候的照片的相册抱了过来。织花一脸不乐意地躺在椅子上，脑袋向后仰。

“这个呢……是织花在幼儿园参加运动会时拍的，那时候的织花非常可爱，不过现在比老太太还要啰唆呢。”

“那一定很可怕。”

“是啊，真是可怕。”

哲哉慢慢地翻着相册，仔细地看着上面的照片。

“啊——这是在那须①的牧场拍的。”

“才不是呢，那是千叶母亲牧场②。姐姐，你说对不对？”

织花慢慢坐直，从桌子的另一边伸过头来看照片。

“对，是千叶母亲牧场。”

“你们在牧场里骑马？”哲哉看着真理奈问道。

“嗯，马很高，很吓人。那时候我才读小学一年级，一个伯伯帮我牵着缰绳，在围栏里绕了一圈。”

“很吓人？”

“嗯，因为我骑在马背上，觉得好高。”

聊着聊着，真理奈明白了自己今天该扮演的角色：要是姐姐不打算主动开口说些什么，那她就多说些话，免得哲哉认为他的两个妹妹话都很少。

---

①那须：位于日本关东地区栃木县，那里的温泉很有名。

②千叶母亲牧场：是以观光为主的主题牧场，也是日本最火的亲子旅游牧场。

“妹妹”这两个字缓缓沉入她的心底。“是啊，我是这个人、这个叫作哲哉的人的妹妹。”真理奈心底的弹珠变成了三颗。她一边想着，一边跟哲哉说着拍照时的情景。

“多亏了真理奈，最近我的记忆力变得很差。啊，差不多可以喝啤酒了吧？”爸爸说。

“来喽。”妈妈在厨房里开心地应答着，然后端来了两瓶啤酒和两个玻璃杯。

“来，干杯！”

爸爸和哲哉轻轻碰了碰彼此的杯子。

“我也要干杯。”

真理奈拿着装了果汁的杯子，伸出手。

“干杯！”哲哉端起自己的杯子，碰了碰真理奈的杯子。织花也默默拿起杯子，和大家干杯。她的脸上终于露出了可爱的笑容。厨房里飘来了炸鸡的阵阵香味。

“咕噜、咕噜——”

爸爸一口气喝完整瓶啤酒，然后摸了摸自己的肚子。这时，织花轮流看着爸爸和哲哉，慢慢说出：“手，很像。”

“什么？”爸爸和哲哉没有明白织花的意思。

“你们的手……手指很像。”

爸爸和哲哉将他们的右手摊在桌子上。

“真的呢，手指好像，指甲都是四四方方的。”

真理奈睁大了眼睛。不愧是织花，看到了自己没留意到的地方。当真理奈的视线和爸爸他们的视线相遇时，她有点儿不好意思地笑了。

等桌上摆满丰盛的菜肴时，爸爸和哲哉已经开了第三瓶酒。爸爸一喝酒，脸马上变红，哲哉却面不改色。

“妈妈，你不过来一起吃吗？”

“马上来。”

“可是妈妈没有椅子坐。”真理奈不由得大声喊起来。

“没关系，坐这个也行。”

妈妈把厨房那张没有靠背的圆凳子拿了过来，坐在真理奈身旁的桌角边。

“啊，不好意思。”

哲哉往爸爸那儿挪过去一点点。

“没事，坐这里也很好。对了，刚才你说你去了关岛？”

“是啊，所以才晒得这么黑，所以后来还有人问我是不是本地人。游客还以为我是当地人呢。”

真理奈想：“哲哉一连说了两个‘所以’，说不定也有点儿醉了。”

“织花，吃啊。真理奈，你有没有吃啊？你们都多吃点儿！别客气，知道吗？”

“知道了。”

爸爸满脸通红，“啪啪”地拍着哲哉的背。他已经喝醉了……

“我们家的餐桌上一直很热闹的，姐姐织花话很多，今天却有点儿故作文静，啊哈哈！”

织花装作没听见，自顾自地吃着炸鸡。餐桌上一片静默，真理奈觉得自己一定得说点儿什么，不由得焦虑起来。还好哲哉露出微笑，一边比较着织花和真理奈，一边说道：“你们俩长得很像。”

“像……像吗？”

真理奈转头看着织花。织花轻轻耸耸肩。

“特别是眼睛，非常像。对了，真理奈烫过头发吗？”

“没有，我是自然鬈。”真理奈说着，晃了晃自己的头发。

“织花现在念初中二年级？”

“对。”

“我念小学六年级。”

哲哉一边发出“嗯、嗯”的声音，一边点着头。接着又是一片静默，妈妈立刻把话题拉回关岛。

“关岛的海很漂亮吧？”

“嗯，不过因为是去工作，连游泳的时间都没有。我又担任导演助理，要干很多杂活儿，薪水很低。所以一直到现在，我都还住在老家。我觉得自己，唉，脸上无光啊！”

“什么是导演助理？”真理奈问。

“这个职务听起来挺好听的，但就像我刚才说的，其实就是打杂的，所有跟明星有关的琐事都得打点……”

“要给他们按摩吗？”爸爸笑着问道。

“不用做到那种程度啦！不过得跑去买盒饭……就是要做一堆杂事。”

“你还年轻，年轻的时候就要多磨炼，对吧？”

“嗯。”

爸爸又把哲哉的背拍得啪啪作响。

“你知不知道，我刚上班的时候也是这样。上司老是叫我去复印这个，复印那个。”

“那，哲哉的理想是不是当个制作人？”妈妈问道。

“是啊。嗯……总之是以这个为目标。但现在公司用人，都是先拼命用了再说，所以也不知道要等到什么时候……总之，我先把能学到的技术都学起来，到时候再看情况……我就是这么想的。”

“你知不知道，我一连换了三份工作，才在这个社会上找到一个安身立命的位置。我想神明为了保佑我，都累坏了吧。”爸爸说。

“没这回事啦。”哲哉说道。

“我弟弟在搞乐团，吹次中音萨克斯。”哲哉突然转到一个完全不相关的话题上，“他大学没念完就辍学了，真搞不懂他在想什么。那个工作也不知道能不能养活他自己，我这个做哥哥的，很替他担心。”

“你又不是他的监护人。”

“是这样，没错啦！”

哲哉说个不停。真理奈确定他喝醉了。

“你弟弟现在几岁了？”

“比我小三岁，也就是十九岁。织花，你知道什么是斯卡[①]吗？”

“啊，很像摇滚乐，很夸张的那种……”

“对，对，吉基、吉基，就是这种节奏的音乐。你对音乐很内行嘛。”

“没有……对了，多少厘米？”

“啊？”

“我是说身高。”

“我吗？”哲哉说着，用大拇指指着自己的胸膛。织花轻轻点点头。

“172厘米。圭太，也就是我弟弟，比我高，差不多有180厘米，所以我这个做哥哥的，在这方面输给他了。”

①斯卡：源自牙买加的流行舞乐。

“不过你比我高了十几厘米，你一定是像我哥哥，我哥哥也有一米七几。”爸爸转而跟真理奈和织花说，“就是你们的阿明伯伯。”然后又对哲哉说，“下回介绍阿明伯伯给你认识！”

突然，爸爸一边喊着“哎呀呀”，一边站了起来，到厨房拿来一瓶红酒和两个高脚杯。

还要喝啊！真理奈瞪大了眼睛，就算是再怎么特别的日子，也不该喝成这样……

妈妈却不在意。她拿来了开瓶器，说：“来，开瓶器在这里。”

“啊，我来开吗？”

“是啊，麻烦你了。”

哲哉站起来，很小心地用着开瓶器，只听“啵”的一声，软木塞瓶盖被拔了起来。哲哉把酒缓缓倒入爸爸面前的杯子里，然后再给自己倒酒。

“您不能喝酒吗？”哲哉问妈妈。

“我对酒精类的东西过敏。”妈妈轻轻摆了摆手，然后开始收拾餐桌。

真理奈和织花也来帮忙。炸鸡全吃光了，花寿司和凯撒沙拉还剩下一半左右。真理奈小声地说：“还没吃完呢。”

“他们喝了啤酒，所以肚子饱了。”妈妈说着，把剩下的菜肴装进保鲜盒里。

“在我们家，女儿们总是会帮妈妈的忙。”爸爸很骄傲地大声说道。

“在我们家就只有……”

哲哉的声音被织花洗碗盘的声音盖住了，听不清楚。他说只有什么，是说他们家只有男孩吗？哲哉，一个叫作圭太的弟弟，然后还有他们的爸爸，真理奈这么推测着。她和姐姐织花一直在厨房里待着，直到妈妈说“差不多了，不用在这儿帮忙了”。

她们回到客厅时，爸爸还不停说着他年轻时有多辛苦，比如公司就换了三家，连现在的出版工作一开始也只有他一个人干。爸爸喝醉时，经常提起这件事，而且最后的结论一定是：“现在的年轻人都很难坚持到底。”

“所以啦，现在的年轻人都很难坚持到底。”

“爸爸喝醉了。”真理奈脱口而出。

“而且还把哲哉独占了。”织花说道。

爸爸好像吓了一大跳，先望着织花，然后望着真理奈，表情看起来有点儿呆。

“你们说得没错，真对不起！”

真理奈看了织花一眼，不知道接下来会发生什么。连织花都说出“爸爸还把哲哉独占了”这样的话，而且摆出一副很不以为然的模样，身体在椅子上动来动去的。幸好，妈妈这个大救星又出现了。

“你们三个人要不要玩游戏？玩优诺纸牌游戏[1]什么的。”

“我要玩弹珠。”真理奈“砰”的一声从椅子上站了起来。

“为什么要玩弹珠？”织花喃喃自语。

“玩弹珠好吗？我去拿喽。”

真理奈跑上二楼，从房间的书桌上抓起用碎布拼成、装着弹珠的小袋子，然后跑下楼。不管怎样，真理奈都想和哲哉、织花三个人一起玩弹珠。她的脑子里现在就只有这个念头。

“喂喂，在桌上玩很容易滚下去，在地板上玩好吗？”

真理奈一屁股坐在客厅的地板上，倒出小袋子里的弹珠，弹珠互相碰撞发出“啪啪”声。织花、哲哉也走过来坐下，哲哉盘腿而坐。

“可是我没玩过弹珠。”

“很简单啦！看，像这样……就打中了，打中的弹珠就是你的，简单吧？”真理奈用食指和拇指示范着。

他们猜拳决定顺序，哲哉先来。

“哎呀，打歪了。”

“你第一次玩，所以再给你一次机会练习练习。”

“啊？这好难。”

---

①优诺纸牌游戏：一种流行全世界的桌游。

“接下来轮到我了。”

织花用拇指弹出弹珠，因为是木地板，弹珠滚得很顺。游戏的规则是玩到没打中为止，所以织花一气赢了十颗弹珠。真理奈赢的弹珠更多，结果只剩下五颗弹珠。

“接下来……”

真理奈指着哲哉，不知道为什么，她就是说不出“哲哉”这两个字。因为直呼哥哥的名字，不是很怪吗？不过“哥哥”这两个字更难说出口，毕竟他们今天才第一次碰面……

“如果叫哲哉‘哥哥’，他会开心吗？也许吧！织花一定不会叫出口的，所以这岂不是成了我该讲的台词、该完成的任务吗？要是我没叫哲哉‘哥哥’，今天演的这出戏就变成半吊子了。”真理奈不知道为什么会这么觉得，然而……

“我得提高我的战斗力，看好喽！”

哲哉用和爸爸很像的拇指悄悄弹出弹珠，但因为力道太弱，还是没有命中。

“嗯，可以再给我一次机会吗？我第一次玩，所以请再给一次机会。”

“好。”真理奈答道。

哲哉非常认真地趴了下来，这一回他似乎想用食指来挑战。

“拜托，让哲哉打中吧！”真理奈把手握得紧紧的，放在膝盖上，“拜托，让哲哉打中吧！哪怕只打中一颗也好，请保佑哲哉成功。如果这样的话，我就一定能说出口，叫他‘哥哥’。要是我开口了，或许叫‘哥’，感觉会更亲近吧！”

哲哉弹出的弹珠滑过了地板，发出轻轻的“啪啪”声，正好命中对准的弹珠，那是颗带有蓝色条纹的弹珠。真理奈吞了吞口水，开口说：“哥哥，你打中了。”

“我说出口了！”真理奈开心地想。织花听了，惊讶得连身体都震了一下。哲哉随即转头看着真理奈，微笑着露出洁白的牙齿，看起来很高兴。他大声叫着“我成功了”，还举起握着弹珠的拳头。真理奈好开心，因为哲哉的笑容，更因为自己终于叫出了“哥哥”。她开心地蹦了起来，虽然膝盖撞着地板有些疼，但是她一点儿也不在意。

“接下来还是哥哥玩。”

“好！啊——失败了。”

“剩下的我全包了。”织花赢走了剩下的所有弹珠。

“喂喂，再玩一次好吗？”

“好呀。”

“喂，要雪耻喽！我可是充满斗志呢。玩这个，最关键的地方就在于力道的拿捏。”

哲哉转头看着爸爸，爸爸一边喝酒，一边笑。妈妈也露出微笑，喝着茶。然后，他们玩了一回又一回！

渐渐地，哲哉摸到了窍门，赢得的弹珠也越来越多，不过还是没法打败真理奈和织花。真理奈不知道叫了多少次“哥哥”，比如她对着哲哉说“哥哥，你得再提高你的战斗力了”，还说“接下来轮到哥哥了”。

后来织花提议玩优诺纸牌游戏，真理奈和哲哉都赞成。织花从自己的房间里拿来优诺纸牌。在玩优诺纸牌游戏方面，哲哉绝对是强势的一方。不管玩多少次，真理奈都是最逊的。

“再来一次！我要雪耻，雪耻！”

真理奈学哲哉闹着。不过，不知道在玩第几回时，织花正要发牌，哲哉看了一眼手表。

“啊，已经这么晚了！真不好意思，我差不多该走了。”哲哉说着站了起来，然后转向爸爸和妈妈，“我该告辞了，明天早上五点钟要拍摄外景。”

“啊，好的。哇，竟然已经十点了！”

爸爸抬头看着电视上方的时钟。在平常，这是真理奈上床的时间。

不过，今天妈妈什么都没说。

现在要回去了吗？真理奈坐在地板上，一边收拾着纸牌，放进盒子里，一边想着：“哥哥下一次什么时候再来？什么时候能和他那个叫作圭太的弟弟见面呢？对了，还没机会让他看看自己的房间呢，枉费自己收拾得那么整齐……”

“今天很谢谢你们的招待。”哲哉很有礼貌地向妈妈行了一个礼。

“别客气。我知道你很忙，但之后还是要常来玩呀！就当成自己的家一样，别拘束。”

“嗯，我一定会再来拜访的，再见！织花、真理奈，再见！”

“这个……”

“嗯？这是什么？”

织花把一张折起来的小纸片递给哲哉，说：“上面有我的手机号码和电子邮件地址。”

“好的。啊，我的手机号码是090……”

“等等。”织花从牛仔裤口袋里拿出手机，输入哲哉所说的号码。哲哉也在自己的手机里存下了织花的号码。

接着，大家走到玄关那儿，看着哲哉穿上鞋子。

“再见，真的很谢谢你们的招待。”

爸爸对着正要打开门的哲哉说了以下的话，这些话就像演练过多次的台词：“哲哉，今天是一个开始，我们往后还要多多相处。真理奈和织花也都明白这一点。”

真理奈和织花沉默地点点头。

“那我就先告辞了。”

妈妈对着正要关上门的哲哉说了句：“路上小心哟。”接着，门静静地关上了。

“他认得路吗？”织花转头看着爸爸。

“应该认得吧，来时走过的。过了平交道就只有一条路，没有别的岔路。”

“不过，走到平交道之前，路上有好多个转角呢。真理奈，我们送他到平交道那里。”

“嗯。”

“你们要出去啊，可是现在外面黑漆漆的。”

姐妹俩一边听着妈妈在背后这么说，一边穿上球鞋跑出了门。

“等等，我还要系鞋带。”

“快一点儿。”

织花抓住真理奈的手腕，真理奈也顾不上鞋带还拖在地上，就跑了起来。她们跑到第一个街角，转了个弯，然后跑到小学的后门，再左转，就远远地看到哲哉的背影。只见他两手插在口袋里，正匆匆忙忙地往前赶路。

哲哉走到下一个路口就往右转，这时织花猛地停下脚步。

“怎么？不追了吗？”

“算了。”

“为什么？”

织花什么都没说，随即向后转。走了一会儿她才停下来，等着弯腰系鞋带的真理奈。接下来两个人并肩往前慢慢走。

“你叫得还挺自然的。”

真理奈马上知道织花指的是什么。

“这当然需要很大的勇气。不过也因为他打中了弹珠，我才能顺利地说出口。”

在蓝白色路灯的照耀下，真理奈看到了织花挑高了眉毛。

“弹珠？你在说什么呀，我都听糊涂了。”

“其实我也没法很顺口地叫出来……所以昨天晚上我就躺在床上想，那就想象一下吧，然后我就看到了弹珠，一颗叫作‘我有一个哥哥’的弹珠，还有一颗是……”

“好了，好了，我根本听不懂。”

“那我就不说了。”

真理奈生气了，马上板着脸望向别的地方。对面有辆自行车飞驰而来，几乎撞上她。

“对不起……是真理奈啊！”

“你要去哪里？”

“我刚上完补习课，正要回家。”

“哦，拜拜！”

织花又挑起一边的眉毛，像是在问：“那是谁呀？”

“我的同班同学省吾。”

“啊，好累呀！”

织花抬头看着夜空，举起双手往上伸展着。夜空中挂着弯弯的弦月。

“我也累死了。”

这么一说，一股疲倦感顿时席卷而来。

真理奈从未感到这么疲倦，她觉得全身快瘫掉了。

“不过，就这样喽。嗯！”织花自顾自地点点头。

“多了一个家人也是好事。”

“对啊，很开心，我很开心，非常开心。”

“嗯，的确挺有趣的。”

“姐姐，这件事你会跟朋友讲吗？”

“嗯……我不知道。”

“我会跟美沙讲，因为她是我的死党。只跟她说应该没什么关系吧。妈妈不会不希望我说出来吧？”

“嗯……妈妈会怎么想呢？”

“你干脆直接问妈妈，你把这件事告诉美沙好不好，然后……”

这时候，织花的手机发出“嗡嗡”的声音。

“有人发消息给我。”

织花站在蓝白色的路灯下打开了手机，用食指按着手机屏幕，然后她小声地嘟囔着：“有了。”

“谁发的消息？我也要看。”

真理奈凑过去看着手机明亮的屏幕，屏幕上显示着这些文字：

织花、真理奈，我到车站了。今天很开心，下回再一起玩弹珠吧。我会先训练自己的。帮我问候爸爸和妈妈。

哥哥

“姐姐，等一下你要回消息吧？我也要写。”

“好啊。下次说不定我也能叫出口了！”织花高兴地挥舞着双手。

姐妹俩开始小跑。家门前，妈妈正等着她们。

省吾的故事——

第一次骑路边的自行车

事实上，他和雄介进行了一场冒险：
骑着路边的自行车，来到步道的终点。
嗯，两个人共骑一辆自行车，
的确是一场冒险。

“喂，要不要骑路边的自行车？”雄介一边窃笑着，一边说道。

“好呀，好呀！”省吾附和着。

今天是九月二十日，星期天，下午两点三十五分，两个人刚从位于商店街正中央的便利店走出来。

他们并不是去买东西，而是在便利店看了三十分钟的漫画书。书店里的漫画书都塑封着，没办法翻阅。就这点来说，便利店实在造福了不少人。

在便利店看漫画书之前，两个人待在雄介家玩游戏机。他们差不多玩了两小时，雄介的妈妈就说话了。

“好了好了，别玩了，会把眼睛弄坏的。到外面去玩吧！”说着，雄介的妈妈就把游戏机的插头拔掉了。

“你在干吗呀！这样里面的资料会丢失的。”雄介不满地喃喃自语，然后很大声地说，“你叫我们去外面玩什么啊？”

雄介的妈妈瞪着雄介。

"去外面玩。"她缓缓地说。

雄介的妈妈很胖，声音很低沉。当她用嘶哑的声音说话时，给人一种压迫感。比起坐在沙发上弓着背剪指甲的雄介父亲，她更像男人。

"是，是。"

"'是'说一次就行了。知道吗？"

"是。"

两个男孩骑着自行车离开雄介家。因为附近的公园禁止踢球，除公园外，又没有别的地方可去，他们只好跑到便利店。

两个人将自行车并排停在便利店门口。雄介骑的是一辆红色越野自行车，省吾骑的是一辆前面有车筐的银色五段变速自行车。

当省吾打开自己自行车的链条锁时，雄介焦躁地喊着："快点儿，也不是多昂贵的自行车，干吗锁成这样？"

"可是……"

"好，好，我知道，你的是新车，所以要上锁。"

就像雄介说的，省吾的自行车是上个月他过十二岁生日时，爸爸妈妈送给他的礼物，车子的把手和轮辐都还亮晶晶的。

"接下来要去哪里？去我家吗？"

"好啊，等一下再去。"

"喂，你要去哪里呀？喂，等等我。"

省吾一路追着雄介。他们避开狭窄商业街上的行人和车子，往车站的方向骑去。两个人转进车站前方不远处M银行和花店间的小路。

雄介没有回头去看省吾，他知道省吾正追着他，即便省吾没有跟上来，他也不在意。

过了世田谷线的平交道，右边就有一个免费的自行车停车场。这个被围篱环绕的停车场虽然很大，但还是不够用，许多自行车横七竖八地停在路边。停车场的入口处立着一块牌子，上面写着："此停车场对学生、上班族免费开放。若发生自行车被盗窃或毁损事件，世田谷区概不负责。"雄介跳下自行车，站在这块牌子前。

"咦？"省吾刹了车，一只脚踩着地面，"来这里干吗？"

"不是说……"雄介像是要试探什么似的，盯着省吾的眼睛看，"刚才不是说要骑路边的自行车吗？"

"咦，你是说真的？"

"当然是说真的。"

省吾的脑袋顿时一片空白。"当当当……"平交道响起电车即将通过的警告声。

"我还以为你是开玩笑的。"

"你不愿意也没关系，我自己来。"

"啊，不是……只不过，警察不在吗？"

“星期天警察不上班，我常来这里停车，清楚得很。”

省吾踢下自行车的脚撑，慢慢锁上链条锁。雄介两只手插在口袋里，动也不动地站在那儿等着。接着，他们并肩走进停车场。

“看起来每一辆车都上了锁，不过总有忘记锁的吧。”

雄介慢慢地在自行车之间走来走去，自言自语。这家伙是当真的！省吾突然觉得自己的喉咙很干：“要是骑路边的自行车被人看到，那该怎么办？比如老师或巡逻的警察，他们如果发现了，一定会问我们：‘为什么明明自己有自行车，还要去骑别人的？’啊，真是冒险哪！”

省吾一边确认自行车是否都上了锁，一边这么想着。不过，一想到如果不做，就会被雄介看成是胆小鬼，他可受不了。

停车场的中央有两行红色的三角形禁停标志，形成一个小小的空间。两边停了好多排自行车，看起来有一百多辆，甚至更多，显得非常拥挤。

“省吾，你去那边找，我在这边找。”

雄介往禁停标志的右边挥挥手，示意省吾去那儿找。他自己则开始在禁停标志的左边寻找没有上锁的自行车。

“要是找不到就好了。”省吾藏不住慌乱的眼神，盯着一辆辆自行车看，“只要找不到没锁的自行车，雄介就会放弃吧？

对了，即使看到，我也假装没看到，不说出来就好了。”

省吾粗略地看过第二排、第三排和最后的第四排，每一辆自行车都上了锁。就连看起来好像在这里停了好几天，哦，不，停了好几个月的破旧自行车，也都锁得好好的。

省吾跑到雄介那儿，雄介正弯着腰一辆辆仔细检查着。

等到雄介要开始检查最后一排时，省吾才开口说：

“那边都没有。”

雄介没有说话，走到最后一排的末端。

“可恶！”

雄介朝旁边妈妈自行车①的后车轮使劲踢了一脚。他这一踢，一整排自行车立刻发出“哗啦啦”的巨大声响，像多米诺骨牌似的一辆接一辆倒了下去。

“到外面去找吧！”

“好是好，不过……”

他们任由那一排自行车倒得四仰八叉，走出停车场，然后沿着围篱检查那些停得乱七八糟的自行车。果然没有一辆车没上锁；当中还有前轮已经上锁，后轮再加上链条锁的。

“可恶！”

雄介又踢了自行车一脚。看到雄介暴躁的行为，省吾感

①妈妈自行车：在日本，车前车后配有车筐或儿童座椅的城市自行车，被称作妈妈自行车。

到很纳闷儿。是因为先前他妈妈把游戏机的插头拔掉了吗？

但是省吾并不讨厌雄介的妈妈。虽然有时候她看起来很凶，但也是个很有趣的人。而且有时候，雄介自己的行为还不是一样很可怕吗？他们去便利店时，一切都还正常，但现在……

“到那边去看一看。”

“好的。”

雄介慢慢踩着越野自行车的踏板，转头看着省吾说：“你看右边，我看左边。”

“好的。”

“雄介是什么时候开始对我命令来、命令去的呢？”省吾感到有些生气，把手放在车把手上，摇摇晃晃地骑着自行车。

“你有没有仔细看哪？”

“有啊。”

省吾终究忍不住了，声音变得很不耐烦。省吾和雄介在一、二年级时同班，三、四年级被分在不同的班，到了五年级又被分在同一个班。

虽然三、四年级没有同班，但因为他们学校一个年级只有两个班，所以这两年他们常趁着午休时间一起玩耍；放学了，也会到其中一个人的家里去玩。升入六年级以后，他们各自要忙的事情多了起来。省吾在星期一、星期三的傍晚和星期天的晚上要去上补习班，雄介星期六要去游泳，所以他们能一起好好玩耍的时间只剩下星期天的白天了。

另外有件事情也变得不一样了。虽然省吾和雄介还是经常在一起玩，但那个他一向熟悉的雄介，最近常常让他无法捉摸。

“等一下。”

雄介从自行车上跳下来。这里是从停车场直直延伸过来的道路的尽头，也是个墓地。混凝土高墙的另一边，立着写着经文的木牌。围墙边停了很多辆自行车。省吾也下了车，和雄介一起一辆辆检查有没有没上锁的车。

“这么多车，都是没人要的吗？”

“不是，每一辆都上了锁。走吧。”

省吾没有说话，跟在雄介后头。“到底从什么时候雄介开始对我颐指气使的，而我也乖乖地照做了呢？”省吾看着走在前面、穿着黄色T恤的雄介的背影，歪着头想。

一年级时的雄介和现在完全不一样。他的个子是班上最矮的，脸圆得像马铃薯，头发短得像个小和尚。他动不动就哭，打翻午餐盒会哭，跌倒擦伤了也会哭……不过，大约从四年级开始，他就快速长高，现在已经是班上最高的了；他的脸变长了，下巴也变尖了，连声音也变得又低又粗。而省吾从一年级到现在，身高在班上都只能算中等，而且还没开始变声。

另外，雄介在长高后，不像过去那么爱哭了，他成为班上的体育健将。不论是游泳、排球还是躲避球，比赛时大家都希望跟他一组。因为只要有雄介在，那组就一定会赢。雄介也成了班上很受欢迎的人物。

“喂。”

雄介又停下自行车。他沿着墓地的围墙走,经过寺庙后门,来到被混凝土高墙围绕的变电所前。这里也停着五六辆自行车。他们又上前仔细检查车子是否上锁。

“啊！”

“找到了吗？”

“这辆……”

“真的没锁，好，动手吧。”

省吾默不作声，后悔自己为什么要找到，又为什么要说出来，即使找到了，也该装作不知道啊。尽管先前就盘算好了对策，却没有做到。唉，后悔已经来不及了！

雄介的眼睛闪闪发亮。他将这辆没有上锁的自行车的脚撑踢了上去，一下跨上了座椅。这是一辆从把手、车铃铛到链条都已经生锈的浅绿色自行车，就连车筐也生锈了，还有点歪歪扭扭的。所有地方都看不到车主的名字。

“轮胎已经没气了。算了，无所谓啦。”

“不过……”

省吾慌慌张张地查看四周，没看到半个人影。这里本来就很偏僻，很少有人经过。

“不过什么？”

“要是自行车的主人回来，那怎么办？”

“我哪知道啊？”

“可是……”

“别想这么多了。这辆自行车一定是一直被丢在这里没人要的。看，都锈成这样了，而且上面也没有姓名和地址，不会有问题的。”

“可是……我们一起骑这辆车吗？”

“只好这样啦，再找另一辆没锁的自行车，太费事了。”

“那我们自己的自行车怎么办？”

省吾不由得提高了音量。他心想：“不管雄介怎么说，我绝对不会把自己的新车丢在这种偏僻的地方。”

“这样吧，把我们的车停在刚才那个停车场里。”

“嗯。”

在前往停车场的途中，省吾对雄介感到愤怒，也对自己感到恼火。雄介完全是一副发号施令的模样，而自己……

“里面停满了，没办法，只好停外面。”

“把里面的车弄出来，把我们的停进去。”

由于担心自己的新车，省吾不愿意在这方面让步。

雄介一边嚷嚷着“真啰唆”，一边跑过去将最右边、最靠近他的那辆自行车抬起来，搬到围篱外头。

“哦，好重。”省吾也把旁边那辆抬起来，搬到围篱外。

然后他们把自己的自行车停进空位，上了锁，接着一起朝那辆生锈的自行车走去。

“要是现在车主出现，把车骑走，那就好了。”省吾小心翼翼地坐到自行车上。

雄介跨上座椅，转头对省吾说：“上来吧。”省吾的一只脚放在自行车支架的避震器上，另一只脚踩着地面。

“好了吗？要走喽。”

“去哪里呀？”

“对了，要去哪里呢？沿着步道骑到尽头怎么样？”

“可以呀……”

“嘿，走喽！”

雄介踩着踏板，省吾坐在他身后，将两只手轻轻地搭在雄介的肩上。自行车“吱吱嘎嘎”地向前进，一开始还摇摇晃晃的，之后就逐渐稳稳地笔直前行了。

“好破的自行车呀。”

雄介很开心似的说道，还恶作剧般按了按车铃铛。车铃铛“嘎啦”一响，雄介就哈哈哈地笑了。

“这有什么好玩儿的？”省吾想不通，“要是被巡逻警察撞见了，会不会询问我们？接着还会通知爸爸和妈妈吧？大概会吧。雄介这家伙到底为什么要这么做……”省吾的心里又开始冒起无名火，“我痛恨做这样的事，为什么却说不出口？停止，停止吧……”

“哎呀，危险！”

雄介猛地改变了自行车行进的方向，省吾一下子失去平衡，差点儿从车上摔下来。

“你好好抓住我的肩膀，再过去一点儿就是警察局了。”

说到最后，雄介像是自言自语似的。他把自行车扶正，踩着踏板继续前进，悄悄避开了警察局。省吾发现了这点后，悬着的心也稍稍放下了。

从这里往左骑，就会接上步道。其实不管从哪儿转弯，都能通往长步道。在省吾爸爸小的时候，那里原本是条河流，后来填土改造成了步道。步道沿着公交车路线铺设，往前能延伸到三站以外的车站。

一路上，雄介吹着不成调的口哨，省吾的心情也放松了许多。很多人骑着自行车，迎面与他们擦身而过，或被他们赶超。

突然，雄介刹住车子，省吾的耳边响起“吱嘎”的刹车声。

“你身上有钱吗？”

“大概有五元吧。”

“我看看我身上有没有钱。”

两个人都跳下车，摸索着裤子的口袋。省吾的口袋里有五枚一元硬币，还有已经拆开的口香糖。雄介找到了一枚一元硬币。

“嗯，就用这六元钱来买点儿喝的吧。”

“好啊，买什么呢？”

“就买你爱喝的，因为我只出了一元钱。”

“那……可乐好不好？”

“好啊！”

省吾站在道路尽头的自动售货机前，正打算把硬币投进去，突然听到了“嘿”的招呼声。省吾一转头，就看到了同班同学亮平和草太。惨了！省吾赶紧转过身背对着他们，并且慢慢地将硬币丢进投币孔。

“嘿。”那是雄介的声音。

“你们要去哪里？”亮平问道。

“只是到处晃晃。你们呢？”

“我们要去袋鼠俱乐部。”

“砰”的一声，可乐罐掉下来了，省吾弯着身子取出可乐。接着，亮平问道：“这是你的自行车吗？”

“不是。”雄介若无其事地回答。

“噢，两个人骑一辆车呀！”

“嘿嘿，你们俩胆子挺大呀[①]！”

“还好啦。走喽，拜拜！”

“拜拜，别飙太快哟！”

“不会啦！”

亮平他们一走，雄介就转头看着省吾。

“这两个家伙住在这一带吗？你知道吗？”

“不知道……我没有去过他们家。”

“不管了，我们快走吧。”

“嗯，快走吧，在这里晃来晃去，很可能又会遇到熟人。”

省吾把可乐罐丢进自行车的车筐里。

他们花了十五分钟左右终于来到步道。半路经过下坡时，雄介“咿呀”地大声喊叫，双脚还离开了踏板。有这么好玩儿吗？省吾实在想不通。两个人共骑一辆路边的破自行车溜下坡，就这么好玩儿吗？省吾想起，最近雄介在上课时会突然发出“呀哈”的声音，还会摇摇晃晃地走来走去，把老师气得够呛。不过，同学们，包括省吾自己，也只是笑着看好戏，因为在上课时走来走去这种事，很多人也常做。

①在日本，自行车仅能由一人骑乘。

有一天回家的路上，省吾问雄介："你为什么在上课时鬼吼鬼叫的？"

雄介一边踢着路边的空易拉罐，一边生气地回答："没什么，只是觉得很烦！"

"什么很烦？老师很烦还是上课很烦？"

当省吾这么询问时，雄介又发火似的说："非到学校上课不可，很烦。"

省吾不由得想："我也觉得上课很无聊，因此常常站起来晃来晃去的……不过我还是喜欢学校。"

自行车"吱吱嘎嘎"地剧烈跳动着。因为步道没有铺设柏油，所以常有隆起的土堆或凹下的小坑。省吾使劲抓住雄介的肩膀。而雄介因为出了太多汗，T恤紧贴在身上。

"要换我来吗？"

"不用，没关系。"

省吾知道自己死命抓着雄介的肩膀，简直像在意气用事。可是为什么他会意气用事呢？是针对哪方面在意气用事呢？省吾也不知道。他们与一个遛狗的女人擦身而过，那只狗和省吾家的宠物巴兹一样是黄金猎犬。他们超过了拄着拐杖慢慢踱步的老先生、老太太。"嘎啦、嘎啦"，雄介按着坏掉的车铃铛。推着婴儿车的女人停下脚步，站在路边等着他们通过。

他们经过爬满绿叶、还未开花的紫藤花棚架，还有褪色的绿色篱笆，还从有沙坑和滑梯的圆形儿童乐园旁飞驰而过。之后的步道突然变窄，步道两旁栽有绣球花，茂密的枝叶伸展到步道上来。

“已经过千岁船桥了吗？”雄介问道，并没有转头看省吾。

“啊，已经过了。”

省吾放心地回答。千岁船桥站是省吾家附近车站的前一站。骑到这儿，应该不会再遇到同校的学生，也不会遇到老师了吧。

“这条步道通往哪里？”

“不知道，应该快到终点了。”

“我第一次来这条步道，那就骑到终点好吗？”

“我也是第一次来这条步道，走吧。”

雄介说着，又把车铃铛按得“嘎啦、嘎啦”响。

步道越来越窄，而且有很多弯，它的终点是个小广场。广场上有座喷水池，喷水孔却没有喷出水来。喷水池的旁边排列着浅蓝色和橘色的椅子，有个穿西装的秃头男人正坐在椅子上发呆。

“啊——累死了！”

雄介停下车，一屁股坐在一张椅子上。

“全身都是汗。”

雄介让风灌进自己的T恤里，只听见他的T恤啪啪作响。

“喂，可乐。”

雄介“啵”的一声拉开省吾递过来的可乐罐拉环，“咕噜、咕噜”地大口往嘴里灌着。

省吾盯着雄介上下滚动的喉结，那大大的喉结跟大人的已经没什么两样了。他又把视线投向雄介的双脚，露出短裤的双腿也长出了腿毛，不过还很稀疏。

省吾把视线收回来，盯着自己光溜溜的双腿看，心想：“我的双腿什么时候才会长出腿毛呢？等我的腿毛长出来、喉结变大，我也会像雄介那样在上课时大声地鬼吼鬼叫吗？就用那变声后的嘶哑嗓音？”

“你也喝吧。”

“啊，嗯。”

可乐已经不冰了。省吾喝了两三口，又递给雄介。

“要是身上有更多的钱就好了。”

雄介的语气不仅仅是遗憾，还夹杂着气愤。

“要是有更多的钱，咱们就可以买薯片吃了。对了，你有口香糖吗？”

“有啊。”

省吾拿出口香糖，他们一人吃了一片。

“我们倒是骑得很远哪。”

“是啊，这里大概在千岁船桥和祖师谷大藏之间。”

“骑这么远了。”雄介似乎很满足地点点头。

“再给我一片口香糖。”

“嗯。”

汽车一辆接一辆地通过他们前方的公路。那个男人不知道什么时候离开了。

没有喷水的喷水池中央，立着一尊抱着竖琴、头部微侧的女子雕像，雕像的脸被人恶作剧地用马克笔画上了胡须。雄介发现后喊道：“啐，坏蛋！”

雄介的语气听起来比刚才更加气愤，他还朝掉落在他球鞋前方的糖果袋子踢了一脚。

“全是垃圾和灰尘。喷水池好歹也喷点儿水，制造点儿气氛嘛。哦，老天！”

“气氛……对了，就是气氛。”省吾想着。事实上，他和雄介进行了一场冒险：骑着路边的自行车，来到步道的终点。嗯，两个人共骑一辆自行车，的确是一场冒险。

要是现在有吃的东西，要是喷水池里喷点儿水，就会比较有气氛。嗯，省吾了解这样的心情。

省吾安慰雄介说：“不过我们不是已经按照原定计划，骑着这辆破自行车抵达终点了吗？”

“算了。”

雄介呆呆地眺望着公路。他的身体往前倾，过了好一会儿，

开口说了“我呀”两个字，又突然没下文了。

“什么？”

“没什么。我要是变成大人……嗯，要是念了高中或大学，我要骑着自行车去环游世界。”

“很棒啊！”

“你知道的，不是有一种折叠式自行车吗？可以随身带着上电车和巴士的那种。虽然很贵，不过有了它，再准备好帐篷和睡袋，就可以出发去旅行了。我想去沙漠看看。”

“沙漠？很棒啊！”

“很让人兴奋，对吧？”

“是啊！”

省吾并不是随便附和，而是真诚地回应。他在不知不觉中也和雄介一样身子往前倾，眺望着公路。公路上又有一辆巴士飞驰而过，排气管里微微吐出淡蓝色的烟。

“在沙漠里可以看到海市蜃楼吧？”

“可以呀。我妈不知道在哪里买了撒哈拉沙漠的沙子。下次我带给你看看。那些沙子装在小小的瓶子里，是棕色的，会发出‘沙啦、沙啦’的声音。”

“嗯——”

省吾眯着眼睛，想象着由棕色、干燥的沙子所形成的撒哈拉沙漠不知绵延到了何处，时而高高隆起，时而低低凹陷；

一望无际的沙漠里既没有草也没有树木，远远地可以看到骆驼。省吾的眼睛眯得更小了。他想象着沙漠里有两头骆驼，骑着骆驼的正是自己和雄介。两个人穿着像探险家一样的衣服，还戴着像探险家一样的白色帽子，肩膀上斜挎着水壶。在沙漠里，水是很重要的。

“水呢？水要怎么办？”

“水？”

“对呀，在沙漠里，到哪儿去找水？”

看到雄介的反应如此迟钝，省吾不禁感到有些焦躁。

“谁知道……总会有办法的。不是早就有人去过沙漠了吗？电视里播放过的，比如《不可思议的探险队》那个猜谜节目。”

“他们是开车去的吧，不是骑自行车。没有车就没办法储存淡水，自行车在这方面还是不行啊。而且自行车的轮胎不是会陷进沙子里吗？如果这样的话怎么办？对了，可以扛着自行车走，因为它是折叠式的嘛。”

“怎么搞的？好像你已经去过沙漠似的。”雄介不以为然地说，然后突然放声大笑，仿佛这件事很可笑似的。省吾觉得自己好像被当成了傻瓜，于是就用球鞋把脚边的垃圾踩住，踩了又踩……

“喂，现在几点了？”

省吾看看左手上戴着的黑色斯沃琪手表。

“四点十六分。”

“现在回去的话，还赶得上看《盖亚奥特曼》。走吧。”

雄介对着站起来的省吾说：“这回换你载我了。”

“好。”

省吾一边想着雄介果然很难捉摸，一边跨上自行车。《盖亚奥特曼》的确是很有趣的动画片，然而它跟刚才的梦想、刚才所倾诉的那些远景，又怎么能相提并论呢？

雄介刚坐上自行车，自行车就猛地摇晃着歪向一边。

“等一下，等等！”

“你好好骑呀。”

“你也好好抓紧呀。”

省吾回了这句话以后，心里稍微舒坦了些。

省吾骑着生锈的破自行车，载着比自己高大的雄介，这比想象中还要吃力。省吾身体往前倾，把踏板踩得“吱嘎、吱嘎”响。

“再快一点儿。”

“骑车带着你，我很难保持平衡，而且很费力。”

“你可以骑快一点儿。按车铃铛，按呀！”

省吾听话地按着车铃铛，发出“嘎啦、嘎啦”的声音。

省吾一边吃力地骑着，一边想：“和这家伙到沙漠去，会有怎样的结果呢？他一定会连我水壶里的水也喝光吧，另外……”这时步道渐渐变宽了，省吾觉得骑起来轻松了些，他又接着想，“另外，他愿意和我平分水和食物，跟我同心协力吗？在沙漠里，可没有其他人能依靠啊。不，不管是在沙漠或是其他任何地方，雄介一定还是会对我颐指气使，而我也会乖乖照办。然而除雄介以外，没有其他人想和我一起去沙漠，一起去某个远得不能再远的地方。毕竟他和我是死党啊！”

离开了步道，转进住宅区的街道，省吾死命踩着踏板，很快就把千岁船桥站远远地抛在身后。骑到这儿，可能会再遇到其他的熟人。省吾祈求能顺利抵达停车场，不被任何人发现，也祈求能看到自己的新车仍好好地停在原地。

“省吾，快啊，快啊！加油哇，省吾，再坚持一下就到了。铁人三项的终点就在前面，如果保持这样的速度，一定能取胜。”

“你很吵哇！”

省吾一边笑，一边转头往后面看了一眼。他骑到墓地的围墙边了。

“喂，你要去哪里？”雄介敲着省吾的肩膀问。

“咦？不是要去停车场吗？”

“笨蛋，要先把这辆自行车停回去啊。”

“啊，对呀，对呀，对！”

于是省吾朝变电所的方向来了个“U”形转弯。他急着想赶到停车场确认自己的自行车还在，所以完全忘了还车这回事。

“是在这一带吗？”

“大概是吧。不是你先发现这辆车的吗？”

“是我先发现的没错啦，不过……”

“好了好了，差不多就行啦，这本来就是一辆没人要的自行车，不会有人在意它停在哪里的。”

“这……也对。”

省吾目不转睛地看着停在变电所墙边的自行车，头侧向一边。他想起这辆破自行车先前好像停在更接近电线杆的地方。

“别再看啦，不用那么在意。”

“好吧。”

雄介已经往停车场的方向走去，省吾追了上去。省吾走到转角的时候，停下脚步，回头看着那辆破自行车。

他在意的不是自行车停放的位置，而是车本身。那辆车再也不会有人骑了吧，尽管它已经锈成那样，但只要稍加修理，还是能骑的……再见了。省吾在心中跟那辆自行车道别，将手放在背后轻轻对它挥了挥，免得被雄介发现。

省吾的五段变速自行车依然好端端地停在原地，雄介的红色越野自行车也是。

“太好了，我们的车都安然无恙。”

“因为上锁了呀。”

“是的。”

“现在几点了？”

“四点四十六分。”

“走吧。喂，今天好玩儿吧？”

“嗯，很好玩儿。”

省吾眯着眼睛眺望远方，公路突然变得一片朦胧，他好像看到了在沙漠中才能看到的海市蜃楼……

肚子好饿，他迎着风，往前疾驰而去。傍晚的商店街上购物的人很多。因为商店街只能步行，车子不能骑进去。省吾他们推着自行车在人群中穿梭，跑出了商店街。

两个人一起在学校门口停了下来。雄介的家位于学校左边的某栋公寓里；省吾的家则还要往前走，在三角田那儿右转，再走一小段路就到了。

“再见！”

“再见！”

“很有趣吧？”雄介又问了省吾一次。他的眼睛微眯着，盯着省吾看。

“我不是说过了吗？很有趣啊！”

“是啊。”雄介像是确认着什么似的点点头，接着自言自语道，“我想再去更远更远的地方。再见喽！”

“喂。”省吾叫住正要打道回府的雄介。

“怎么了？”

“下回给我看撒哈拉沙漠的沙子哟。”

“好啊，再见！”

“再见！”省吾慢慢往家里骑去。

“撒哈拉沙漠的沙子。”省吾喃喃自语。他再一次眯起眼睛，眼前却没有浮现出沙漠的景色。

天还没有完全黑下来，街道旁的路灯已经亮起蓝白色的灯光。不知道从哪里飘来了浓浓的咖喱香味，省吾突然觉得肚子好饿。他迎着风，往前疾驰而去。

亮平的故事——

第一次拥有秘密之家

五个志趣相投的伙伴，
要是能一起生活，一定非常有趣吧？
白天，各自到不同的地方工作，
晚上回到大家的秘密之家轮流做晚餐……

亮平和草太道别后，就往自己的家走去。时间是九月二十日，星期天下午五点。

每次亮平和草太一起出去玩，亮平都会送草太回家，他们的家在紧邻那条蜿蜒步道的公路两侧。草太并未察觉亮平这么做有什么奇怪，反而还很感谢亮平。草太的个性就是这样，总是顺其自然，不太注意细节。

亮平之所以要送草太回家，是有原因的。因为距离草太家五六分钟的路程，就是同班同学绫子的家。傍晚经过绫子的家时，他们偶尔会听到弹钢琴的声音。弹琴的人琴艺并不好，总是顿了又顿，一次次弹着同样的音符。不过亮平喜欢听这琴声……

在第一个街角向左转，在下一个街角往右转，然后径直往前走，就是步道了，再骑一会儿亮平就到家了。

“咦？”

亮平在黄昏静谧的路上停下自行车。这是一条宽阔的马路，路边矗立着许多大房子。在一整排房子中，转角的那一家特别引人注目。

看起来它快要被拆掉了，新的大楼会取而代之。原本是院子的地方，泥土已经裸露出来，而且被整平了。黑色的围墙倾颓，任何人都可以进出。围墙外并没有拉起“禁止进入”的警示绳。这块地的左侧是一栋两层楼的老房子，孤零零地矗立着，已经被人遗弃了。

亮平虽然常常经过这里，却未曾看到推土机进出过。“什么时候变成这样的呢？”亮平歪着头想。

不过如果只是这样，亮平并不会特意停下自行车。他停下来，是因为这老房子的玄关门半开着。

亮平睁大眼睛，四处张望，路上没有其他人。于是他骑着自行车进入满是泥土的院子里，然后把自行车停在屋子的旁边。亮平偷偷地把头探进半开的门缝里，想看看里面到底是怎么回事。

房子里静悄悄的。亮平走进去，关上门，站在水泥地面上。他一直竖起耳朵倾听，但是除自己怦怦的心跳声外，什么也没听见。尽管有些犹豫，他还是穿着鞋子走了进去。玄关连接着走廊，之前不知道是谁穿着沾有泥巴的鞋子走过，把这里弄得很脏。

走廊很短，左右两边分别是厨房和一间铺着木地板的很宽敞的房间，房间里没有任何家具，空荡荡的。厨房的地板上也布满了泥脚印，有的还清清楚楚地印出了鞋底的图案。

房子里飘浮着灰尘，由于窗户紧闭而显得很闷，空气好像黏在身上一样。一楼除房间和厨房外，还有厕所和浴室。二楼有什么呢？尽管亮平知道屋里没人，但一个人在这样的房子里探险总觉得心里慌慌的。他决定把草太叫来，两个人一起行动，就不觉得害怕了。

亮平马上走出这座空房子，跨上自行车。在到达草太家前，一个完美的计划在他脑中闪现。亮平沉浸在这个完美的计划里，连经过绫子家也没发觉。

“喂！草太！”

像往常一样，亮平没有按门铃，而是直接站在草太家前面大喊。二楼草太房间的窗户猛地被推开，草太探出头，又立刻缩回去。不久，玄关门开了。

不过几秒钟的时间，亮平在门口已经等得心急不已。

“什么事？”

“没什么，你出来一下。”

“什么事嘛！”

“没什么。”

“那要去哪里？”

“你别问了，跟我走就对了。”亮平兴奋地说。

随后，他们骑着自行车并排前进。

“快跟我说嘛。”

“马上就到了，到那边你就知道了。”

到了空房子所在的那条大马路上，一位遛狗的老爷爷迎面走来。他的狗是一只耳朵上系着蝴蝶结的西施犬。亮平在路边停下自行车，让老爷爷先过。

“喂，你到底在搞什么？”草太的声音听起来有些焦躁。

亮平没有说话，手指着前方不远处的空屋。

“那个？是什么呀？”

“那是一栋被人遗弃的房子，可以进去，门开着。”

“真的？”

“真的。”

“咦，真的吗？好好玩儿呀！”

“好玩儿吧？走，进去。”

等到遛狗的老爷爷转过街角，两个人就骑着自行车进入那块废地，然后把自行车并排放在屋子墙边。

“门真的没锁吗？”

“是啊，不然你开开看。”

“打扰——了。哇，真的开着呢！”

“我不是说了吗？走，进去喽。”

“穿着鞋进去好吗？”

“里面很脏，脱鞋子进去会把袜子弄脏的。”

“真的好脏。抱歉，请允许我穿鞋子进来。”

“哈哈哈！”

草太开玩笑似的低头鞠躬，那副模样很好笑，惹得亮平笑出声来。突然他又用手捂住了嘴巴。

“喂，草太，安静一点儿。我有个计划。”亮平用很小的声音说道。

草太也放低了音量问：“什么计划？”

“等等，我们还是先把整栋房子看一遍再说。这里是厕所，旁边是浴室。”

“厕所里有水吗？”草太说着拧开了水龙头，一滴水都没有滴下来。

“那厨房也不会有水喽？”

亮平先一步回到走廊，然后走向厨房，打开水龙头。

“果然也没水。电呢？”

亮平按下墙壁上的开关，天花板上的日光灯也没有亮。

“已经断水断电了，算了，也好。”

“好什么好？你刚才说的计划到底是什么？”

“我正要跟你说呀，那是我灵光一闪想到的。我从你家回去时经过这里，看到门半开着，就跑进来看了一圈……啊，二楼还没有看。不过，如果把这里当成我们的家，你觉得怎么样？秘密之家哟，你觉得呢？”

“太有趣了！”

“看吧，这是很棒的点子吧？”

“把吃的东西带来，还有随身听、漫画书，再加上……”

“在这之前还是先到二楼去看看吧。”

“好！”

两个人窃笑着，蹑手蹑脚地爬上二楼。

一爬上二楼，就看到一间铺着榻榻米的卧室，旁边是一间铺着木地板的小房间。虽说面积很小，但亮平的房间也就这么大。整个二楼就是这样。

卧室里有个壁橱，铺着木地板的小房间里有个储物柜，但因为铰链坏了，没办法关上，柜子里空空荡荡。整个二楼没有其他家具，窗户上也没有窗帘，只剩下挂窗帘的横杆。

“喂，别开。”

草太正准备打开卧室的窗户，亮平立刻出声阻止。于是草太推开了三十厘米左右的缝隙，亮平跟着他从缝隙里看出去。

这个窗户正对着外面的马路，可以看到马路对面一栋两层建筑的正面。新鲜的空气也从窗户的缝隙里涌了进来。

“小房间的窗户能看到什么呢？”

这回草太把小房间的窗户打开一点点，立刻看见了隔壁房子高高的混凝土墙面。

“原来是隔壁的房子呀。那还是别打开了，要是别人发现我们，或许会报警的。”

“对呀，就是说嘛。对了，你想选哪个房间？”

“我觉得有榻榻米的那间卧室比较好，还有个壁橱。不过这里是你先发现的，还是让你先选。”

“不必啦。那就这么决定了，那间属于你，这间属于我。我本来就比较喜欢铺着木地板的房间。”

“真的吗？”

“对呀。”

他们并肩走下楼。像这样的老房子，楼梯走起来不时会发出“吱吱呀呀”的声音。

“之前这里一定放着沙发之类的东西。你看，墙壁上有污渍。”亮平指着一楼那个大房间的墙壁说道。

墙壁上原本贴着的壁纸，现在已经泛黄了。面对院子的是一扇飘窗。飘窗旁边的墙壁上有和沙发一般高、泛黑的污痕，墙壁其他地方也看得到污痕。

“你看，地板上也有。”草太指着地板某处。

“真的，这是椅脚的痕迹吧。”

在厨房的地板上，也看得到原来放椅子的地方所留下的污痕。厨房的地板虽然铺着花朵图案的地砖，但因为污垢的长时间累积，现在只能隐约看到红色和黄色的花瓣。不锈钢的料理台上，也因为之前使用煤气灶而留下醒目的污垢和油渍。

“对了，有件事我们得商量一下。”亮平靠着厨房的料理台说。

“什么事？”

“你觉得是把这里当成我们两个人的秘密之家，还是让其他人也加入比较好？”

“对啊，如果把厨房也算进去，就有四个房间。人多一点儿比较好玩儿，但是也不能太多。”

“另外，口风不紧的人也不行。”

“啊，这是一定的啦！那你觉得谁比较合适呢？”

亮平想起一小时以前，他和草太去袋鼠俱乐部之前遇到的雄介和省吾。那两个家伙老是黏在一起。只要选了其中一个，也等于选了另外一个。这样的话，加上他和草太刚好四个人。不过当亮平说出这个想法时，草太马上反对。

“我不喜欢雄介，当然也不太讨厌他啦。不过我搞不清楚那家伙在想什么，他老是在上课的时候大吼大叫。省吾还好，但我们不能只找省吾，不找雄介。”

“没错。但如果选了他们，就刚好是四个人。我也觉得雄介有点儿……态度还蛮嚣张的。”

“如果选阿玄和阿俊呢？”

“可以是可以，不过这样一来也得找琢己了。”

“他们仨常常跟我们一起行动。但这样就会有五个人，其中一个人会没有房间。”

亮平、草太、琢已，还有叫作阿俊的俊文、阿玄的玄太郎，这五人小组的形成，大概是在五年级的时候吧。他们常常在学校里一起踢足球或玩躲避球。参加远足或是自然观察活动时，他们也总是五个人一组。

五个人当中，亮平和草太的感情最好，毕竟他们从小学一年级开始就一直同班，而且志趣相投。亮平觉得自己和草太对事情的看法大概有百分之九十八，哦，不是大概，是确实有百分之九十八是相同的。两个人之间不需要啰唆的解释，也不用小心这、小心那的，至少对亮平来说是这样。

“也不能把其中一个人剔除出去。”

听亮平这么说，草太“嗯”了一声，点点头。

亮平又说：“那要不这么办吧，一楼那个最大的房间由两个人共用。因为面积够大，即使两个人一起住，也很舒服。”

“嗯，就这么办。因为是我们两个先找到这里的，所以由我们决定。”

“好，就这么决定！那要什么时候跟他们说呢？现在就去他们家吗？等等，现在几点钟了？”

亮平看了看手表，不禁“啧啧”地咂着舌头：“哎呀，五点五十七分，已经这么晚了，我得回家了。”

“我也要回去了，还有补习班的功课要做。”

“好，那就先这样吧。明天午休的时候，先跟大家透露一点儿风声，就像我刚才跟你说的那样。放学后就在你家集合，然后带他们来，给他们一个惊喜。”

“好啊！就这么办，大家一定会吓一大跳。”

“哈哈！”亮平差点儿大笑出声，连忙用手捂住嘴巴。

“我回来了。”

“你迟到了十分钟，最晚六点就得到家，要说多少次你才懂。”

亮平在玄关那儿看了妈妈一眼。她的口气很严厉，但她看上去并没有那么生气。亮平没有回话，从妈妈身边溜了过去，进了客厅。

客厅里到处是妹妹由加的玩具，有Hello Kitty玩偶，办家家酒的道具，莉香娃娃[①]，莉香娃娃的衣服、房子、折纸……

“噢，亮平，你跑到哪里去了？”

爸爸把最近刚买的可以用来拍摄三分钟影片的数码相机对准了亮平。

“别拍，别拍。”亮平赶紧用手遮住镜头。

①莉香娃娃：以日本人的身高比例和脸型，所制作出的可以更换衣服、饰品的娃娃。

爸爸是为了给由加拍照才买了这款最新的数码相机。虽然爸爸没有说出购买的动机，但只要是这个家里的一分子，心里都很清楚。

由加参加幼儿园的运动会和戏剧表演时，爸爸就会带着这部数码相机，还会携带家庭摄像机和具有变焦功能的相机。爸爸会把摄像机拍到的影像加以编辑，并配上背景音乐，存成随时可以在电视上播放的录像带。至于用数码相机拍的照片，则会用打印机印在明信片或T恤上。爸爸对由加的这种宠爱，亮平觉得有点儿过分。

“来，由加，抱着娃娃，看我这里。”

现在，爸爸又将数码相机对准了由加。由加早就习惯了被拍摄，她用食指点着脸颊，摆出拍照的姿势。

“要是当初妈妈生的是弟弟，那会怎么样？我会疼他吗？”亮平又想着这个他经常想起的问题。他一边想，一边把由加的玩具踢到一边，盘腿坐在电视前，“要是有个弟弟，我就能和他玩投接球的游戏。不过如果他老是要求‘哥哥,跟我玩’，我也会烦得要命。唉，反正妈妈已经生了由加，想这些又有什么用呢？”

亮平下了跟之前同样的结论后，随手打开了电视。他的手里拿着遥控器，不断转换频道。

“哥哥，你的屁股压到我的玩具了。”由加用尖细的声音叫道。

“拿去。”亮平从屁股下面抽出玩具，扔向一边。

由加像是油被火点燃似的哭了起来。

“都是哥哥害的！都是哥哥害的！”

“亮平，你怎么把妹妹弄哭了？”妈妈的声音从厨房里传来。

爸爸抱起由加，一边说“没事了，没事了”，一边摸着由加的头安抚她。

“亮平，你怎么把妹妹弄哭了？”

“我没惹她。”

“由加是个女孩，你要让着她！由加，乖。”

虽然爸爸安抚着由加，她还是哭个不停。

亮平站了起来，心里嘀咕着：“没关系，现在的我已经有一个和死党们专属的家。在明天向大家宣布这个消息前，我还有好多事要做呢。”

亮平走出了客厅，爬上二楼，打算回自己的房间。这一路上，他留心着不踩到由加的玩具。爬楼梯时，他不知不觉地吹起了口哨——首先要做个门牌，然后……

第二天下午三点半，五个人在草太家门前集合，大家都骑着自行车。

“到底是什么好事？”

“我们要去哪里？”

“透露点儿口风让我们知道有什么关系嘛！”

“你们俩为什么背着背包？说一下为什么嘛！”

琢己、阿俊、阿玄完全一头雾水，一路上叽叽喳喳地提出各种问题。亮平和草太只是微笑着应道“再等等，再等等”，要不就是“到时候就知道啦”。

最后他们总算在空屋前停下自行车。亮平和草太的脸上露出神秘的笑容。

“你们先进去？”

“不，你们先。”

他们互相推让着，要对方先去开门。这期间，阿俊他们露出些许不安的表情，静静地站着。

一个年轻的女孩行色匆匆地走过，鞋后跟发出“嗒嗒嗒”的声音。女孩的身影一闪而过，完全没有注意到亮平他们。

“第一个发现这里的是我。”亮平缓缓地打开了玄关门，“欢迎来到我们的秘密之家。”

“秘密之家？”

“这是个空屋？”

“真的可以进去吗？”

“别在这里七嘴八舌了，快进去，不然会被别人看见的。”草太说。

琢己他们立刻闭上嘴巴，听话地走了进去，亮平则迅速地关上了门。

“这是我们之间的秘密，大家要守口如瓶，没问题吧？”亮平在微暗的玄关处说道。

三个人没有说话，用力点着头，却一副完全搞不懂亮平意思的模样。因此，亮平稍作了说明。

“也就是说，这间空屋子是我们五个人的秘密基地，我们可以把吃的喝的用的都带来。你们想想，自己的家里人是不是很烦？要么妹妹很吵闹，要么爸妈很啰唆，对吧？不过现在这些烦人的事都不算什么了，因为在这里，你想做什么就做什么。”

“想看漫画书的就看漫画书，想玩游戏的就玩游戏，想睡午觉的就痛快地睡个够。”草太在一旁说道。

琢己他们脸上的神情越来越兴奋。

“所以这里就是我们的秘密之家。哇，太酷了！”琢己大声说。

亮平急忙将食指放在嘴唇上，发出“嘘”的一声。

“别这么大声，要是被别人发现，就糟糕了。在这里一定要保持安静，不要发出太大的声音，知道吗？”

三个人连连点头。

“好，现在我带大家参观一下里面。大家可以穿着鞋子，因为里面很脏。”

“我带了抹布,打算把我房间里的榻榻米擦干净。”草太说。

“你的房间？房间已经分配好了吗？”阿玄用很低且嘶哑的声音问道。在班上，阿玄的身高仅次于雄介，他也已经开始变声了。

“嗯,不好意思,昨天我和亮平已经决定好了。你们三个人，有一个人可以选厨房，另外两个人则共用最大的房间。要怎么分配，你们自己商量。”

“好哇，好哇，我们明白啦！”琢己又大声说，因而被草太瞪了一眼。

接着，大家巡视了空屋子一圈。看完一楼后，亮平和草太便上了二楼。

“啊，门牌！”

“门牌？”

亮平微笑着，从背包里拿出五张长方形的纸牌，上面用黑色的马克笔分别写上了五个人的名字。亮平把写着“南部亮平”的那张纸牌用胶带贴在自己选好的房间门上。

“看，这就是我的门牌。”

“我都没有想到要做门牌呢，哇，太酷了！”

草太也把自己的门牌贴在卧室拉门的侧边，然后拿出抹布，开始擦拭榻榻米。草太爱干净，总是把自己的房间打理得整整齐齐。

“这里没有水，所以我先在家里把抹布弄湿再拧干，才带来的。榻榻米擦干净后，只要拿靠垫当枕头，就可以在上面睡午觉了。”

“你连靠垫也带来了？”

“嗯,是可以装进背包里的那种小靠垫。我还带了米果[1]哟。”

“我也带了吃的东西过来。不过，我没想到要带靠垫呢。好，明天我也带来吧。草太，可以借我用一下抹布吗？”

“拿去吧。”

亮平用抹布擦着自己房间的地板时，琢己他们吵吵嚷嚷地跑上了二楼。

“安静一点儿嘛！”亮平压低声音说。

“啊，对不起！对了，房间分配好了。我住厨房，阿俊、阿玄合住大的房间。”

“铺着木地板的那间。”阿俊小声说着。

阿俊很会踢足球，但话不多，又很害羞，说起话来总是这个模样。阿玄虽然话也不多，却属于怕麻烦的那种人。亮平常常觉得阿玄可能是因为嫌麻烦，才很少说话的。所以，他最担心会发出吵嚷声的，只有琢己一个。

“啊，太酷了，太酷了！门牌可以给我们了吧？”

琢己旁若无人地大声说，亮平不得不用犀利的目光瞪

①米果：一种以米为主要原料制成的点心。

着他。

“安静点儿！我是说真的。要是做不到的话，你就得接受惩罚被赶出去。”

“知道了，我会注意的。那名牌……”琢己缩起小小的身体，小声说。

“不是名牌，是门牌。来吧，这是你们三个人的。”

“是门牌，明白了，谢谢！”

“喂，喂，你们是怎么分配房间的？”

草太拿着脏抹布，跑到走廊问道。

“猜拳呀。”阿玄回答。阿俊小声地补充说道：“是用剪刀、石头、布决定的。”他们眼中都闪烁着兴奋的光芒。

“哦，原来如此。现在我要去我的房间睡个午觉喽！”草太说着，从背包里掏出一个粉红色的心形小靠垫。

琢己大声喊道：“好棒啊！我明天也要带一个来。”

由于亮平又用犀利的目光瞪着他，琢己说到一半时，声音突然变得很小。

“草太，在你睡午觉前，我们用可乐干一杯吧。今天是我们五个人拥有秘密之家的纪念日呢。”

“好呀，我去把米果拿出来。”

“可乐你们也有份哟，今天我请客。”

“酷！”阿俊小声喊着，阿玄两手轻轻地一拍。

“那就到我家来吧？”草太说。

所谓的“我家”就是“自己的房间”，大家早就清楚了。

“对了，楼下还很脏呢。啊，草太先生，那就打扰了。”

“请进，请进。”

亮平带头，大家一个接一个走进草太的房间，在榻榻米上围成一圈坐下。草太从背包里拿出米果，亮平则拿出五罐可乐和玉米脆片。

“来吧，别客气。”

“那我就不客气喽。啊，真好，有秘密之家真好！”琢己一边吃着玉米脆片，一边说道。

“才十二岁就拥有秘密之家，真是做梦都想不到呀。”阿俊说。阿俊很少说过这么长的一句话，大家都能感受到他的兴奋。

“我要把这个贴在墙上。”

亮平一边说，一边从背包里拿出动画电影《熊的传说》的海报。为了不让海报有折痕，他把海报卷起来，放在背包里带了过来。

这个海报是今年暑假亮平全家去看这部电影时购买的。那时由加喊着“好想去看呀”，却一点儿也看不出期待的模样。这部动画电影可说是老少咸宜，特别是最后——主角小熊与分别很久的印第安少年偶然相遇的场景，让人感动得眼眶发热，几乎要哭出来。

“好棒，我也要从家里带海报来。”

“你不要老是学别人嘛。”

“对啊，琢己，你从一开始就一直‘好啊，好啊’叫个不停。”

琢己被亮平和草太批评，忍不住提高嗓门说：“可是……”

“一楼还很脏。”阿俊喃喃自语。

“对啊，不过我很讨厌打扫卫生，好麻烦。”

“我也是。”

“可是，可是……那怎么办？”琢己说着，看看阿俊又看看阿玄。

“铺个东西不就行了？”阿玄说道，一双长腿仍然盘坐着。

阿俊也点着头说：“嗯，就这样吧。”

“对了，铺上野餐垫就行啦，我现在就回家拿。”

“我也回去拿。”

一向怕麻烦的阿玄迅速站起身来，这实在很少见。阿俊也静静地站了起来。三个人一起走出房间。

当房间里只剩下亮平和草太时，亮平马上说道：“天哪，你竟然带了一个心形靠垫来。你家没有其他像样的靠垫吗？”

“哎，我妈喜欢心形的东西呀，客厅沙发上的靠垫全是心形的。”

“说得也是，你家就是这个样子。”

“所以我偷偷拿一个来，也不会被发现。”

“也对。”

“接下来我还要拿旧坐垫，把坐垫铺在这个壁橱的旁边，就变成一张床了。”

“不错哟。不过我担心琢己……那家伙很吵。我要在纸上写‘保持安静’这几个大字，然后贴在墙上。”

“这样应该会有用的。对了，我还带了垃圾袋，大的那种。”

“你真是爱干净。”

“呼——”

草太长长地吐出一口气，把心形的靠垫当成枕头，一骨碌仰躺在榻榻米上。

“哇，真是太酷了，太舒服了！那个词怎么说来着？舒心惬意。就是这种感觉！啊，困了，困了。”

“睡吧！你今天不用去补习班，对吧？”

“嗯，不用。”

“那我六点十分前叫醒你。”

“那就拜托喽。”

草太改成侧躺，闭上了眼睛。不一会儿，他就睡着了，发出轻而均匀的呼吸声。

这家伙还真能睡呢，亮平感到有些惊讶。屋子里一片寂静，外面的马路上偶尔有车子经过，隐约可以听到狗叫的声音。

屋外的声音让人更深深感觉到屋里是如此安静。

这里没有由加，没有由加的玩具，没有只对着由加拍照的爸爸，也没有一开口就是“你又把妹妹弄哭了”的妈妈。亮平靠在墙上，屈膝坐着，悠闲地喝着可乐。舒心惬意，他仔细咀嚼草太刚刚说的这个词。没错，现在自己的感觉就是舒心惬意，这也是他从未体会过的……

别在走廊上跑来跑去，别把吃的东西剩下来，去把手洗干净，游戏机只能玩半小时……在这里，没有大人会跟你说这些，也没有人会命令来命令去、管东又管西。

然而这寂静却被玄关门“咔嗒”的开启声打破了。琢己他们好像已经回来了，正小声商量着什么，亮平还听见了他们的脚步声。

亮平来到一楼，看到他们三人从自己的背包里掏出各种东西：浅紫色的野餐垫、抹布、浴巾、漫画书、杂志、海报、塑料瓶、点心……

“喂，带这么多东西来，你们的爸爸妈妈没说什么吗？”

“别担心。我说要到公园跟朋友一起吃吃喝喝。”琢己回答。

“我家只有我哥在睡觉。”阿玄说。

“我家也没人。”阿俊也说。

“哦，那就好。千万别让你们的爸爸妈妈起疑心啊！”

“知道了。喂，亮平，你担心过头啦。”琢己说道。

“我最担心的就是你！”亮平在心里嘀咕着，“大伙儿好不容易才拥有秘密之家，我可不想让任何人给毁了。我不想失去这个家，一点儿也不想！”

接下来三天，秘密之家因为亮平他们搬来的各式各样的东西，整个感觉大大不同了。

一楼阿俊和阿玄的房间地板中央，铺上了野餐垫和白色的塑料布；为了不让垫子和塑料布卷起来，边缘还用图钉固定住。房间正中间放着一张阿玄从家里搬来的矮脚餐桌，餐桌很低，桌面是圆形的，桌脚可以折叠起来。听说是阿玄的祖母还在世时用的东西。大家也都是第一次听到“矮脚餐桌”这个名词呢。

房间的墙壁上贴着他们偶像的海报，飘窗那儿则摆放着阿玄从小就开始收集的奥特曼怪兽玩偶。阿俊把念初中的哥哥的旧睡袋带来，摊开后就成了坐垫。

厨房那儿，琢己拼命用抹布把地板擦干净，墙壁用宫崎骏的电影《天空之城》的海报作为装饰。他还把家里丢弃的黑色正方形橱柜搬来充当桌子，忙得大汗淋漓。围着桌子摆放着四个他从家里带来的坐垫，桌上有一套茶具——一个小茶壶和五个茶杯，也是他从家里的杂物堆里翻找出来的。琢己把乌龙茶饮料倒进小茶壶里。

“来，请喝茶。用这个杯子喝，气氛就出来了。”

琢己一杯杯地请大家喝茶。大伙儿也都觉得用茶杯喝的确比直接用塑料瓶喝，更有“在自己家里”的气氛。

琢己还用金属刷把不锈钢料理台刷得亮晶晶的，然后在自己低年级时美工劳动手工课上做的纸黏土花瓶中，插上不知从哪里摘来的大波斯菊作为装饰。另外，琢己还带来了模型玩具、卡通人偶……

至于亮平，他从便利店要来三个纸箱，其中两个做成书架，一个做成桌子。他带来很多漫画书，排列在书架上，其中就有他最喜欢的日本著名漫画家手冢治虫的《火鸟》《怪医黑杰克》等。房间的木地板上铺着旧的毛巾被，还有被当作枕头的坐垫……

亮平不想跟琢己、阿玄他们一样，用模型玩具来装饰自己的房间。为什么呢？亮平想了好久，结论是：空空的房间比较好。因为和家里不一样，所以感觉会更好。

然而更空的是草太的房间。

草太的房间跟三天前比起来几乎没什么改变，只多了一个心形的靠垫和两个带有污渍的坐垫。草太把那两个坐垫排列放在壁橱旁边，常常躺在上头听音乐、睡午觉。

琢己、阿玄和阿俊三个人，在自己家里都和念中学的哥哥共用一个房间。所以琢己对于“总算能拥有自己的房间”，充满了感激。阿玄和阿俊则因为房间很大，所以虽然由两人共用，也似乎没什么不满。

阿玄和阿俊之间的感情一直很好。亮平觉得是因为他们俩的话都很少，所以“臭味相投”吧。因为阿玄和阿俊的房间很大，又有张矮脚餐桌，所以大家常常聚在那儿。对于这种状况，阿玄他们倒也没有任何怨言。

这三天里，大家拟出各种规定，写在纸上，贴在一楼阿玄和阿俊房间的墙上。那是由写字最漂亮的草太用黑色马克笔写的。规则如下：

为了爱护大家的秘密之家，请遵守：

1. 不大声说话，不发出大的声音。

2. 出入时不能被别人看到。

3. 自行车停放在秘密之家和隔壁房子的交界处。

4. 自己一个人也可以来，不过只能使用自己的房间。

5. 一定要及时回家，不能超过父母规定的时间。

6. 垃圾要分类，垃圾袋的袋口要绑好。

7. 食物由自己购买。没有花钱请人和让别人花钱请客这回事。

8. 每个星期天中午十二点全体集合，有任何问题皆可在那时提出来讨论。

第三项关于自行车停放的规定，亮平认为要是把五辆自行车停在马路上，会引起附近住户的怀疑。阿玄却说，如果把自行车停在秘密之家和隔壁房子的交界处，也会引起隔壁住户的怀疑。最后，大家认为隔壁那栋房子的混凝土墙很高，把自行车停在它和秘密之家的交界处，应该不会有问题。

第四项有关“自己一个人也可以来”，是因为大家平时都要上补习班，或安排了游泳、绘画等才艺课程，只有星期天都有空，所以才这么写。

草太明年要参加私立中学考试，要学的东西最多。每周的星期二至星期四，他都要去补习班上课；星期五有家教课；星期六得到补习班参加模拟考试。

亮平虽然不上升学补习班，但每周的星期二、星期四的傍晚五点到七点，也得到车站前的补习班补习。阿玄和阿俊除要上游泳课外，从三年级开始还一起去补习英语。由于这些缘故，他们利用学校午休时间，一起在大多数人不会进进出出的体育馆里想出了这些规定。

“如果没有规定‘自己一个人也可以来’，那我们就只有星期天才能聚在这里了。”阿玄提出这个意见。

“不过，不能侵犯别人的隐私。”阿俊说道。

大家都赞成，因为每个人都想在秘密之家多待，即使多一天也好，多一个小时也好。

第五项“一定要及时回家，不能超过父母规定的时间”，是由亮平提出来的，为的是不让自己家里的人起疑。

这个意见得到了所有人的认同。

其他的规定是大家一起讨论后决定的。在班会上从不举手发言的阿玄和阿俊，却提出了很多建议和点子，亮平感到惊讶，也非常开心。

一个星期顺利地过去了，又到了星期天。

这个星期内，亮平单独来到秘密之家三次：一次是星期二去补习班之前，大概只有十五分钟；之后的两次是趁不用去补习的时候来的，一直待到六点钟，因此有三个小时左右的充裕时间。他待在自己的“家”里看漫画书，或只是发呆。因为阿玄和阿俊不在，所以也不能一起玩牌。

令亮平感到不可思议的是，在这个秘密之家里，即使是发呆，竟然一点儿也不觉得无聊；相反，自己身体的每个部分都得到舒展，内心也是充盈的。

亮平想着：“这是为什么呢？这个‘家’，这个自己房间的什么东西，让自己感到心满意足呢？”“自由”这两个字，不知不觉地浮上他的脑海，“是了，大概就是它吧。在这里，我们是自由的，就算有规定，也是由大家提出意见、一起讨论后决定的。也因为这样，心里总是很满足，也不会感到无聊、厌烦。”

不过，星期三发生了一件事。草太爬上二楼，走进自己的房间，他是因为要去补习班顺道过来的，所以只跟亮平随便闲聊着。突然，草太的手机响了，卡通主题曲的来电铃声大声地响着。两个人的心都扑通一阵狂跳，就像要跳出喉咙似的。

“喂？嗯，我一定会去的啦。现在？我现在在车站前的书店，等一下就去搭电车，先这样了。”

“你妈妈打来的？”亮平问。草太“嗯”了一声，同时合上手机盖，把手机塞进口袋里。

“我得走喽。我今天比平常早出门，所以妈妈怀疑我偷懒，不去补习。以后我会更小心的。”

他们五个人当中，只有草太有手机。亮平一直想要一部手机，所以很羡慕草太。因为有了手机，不用像在家里打电话一样，总是被妈妈问来问去，而且不管在哪里都能打给朋友，也能跟草太发消息。

不过，这时亮平觉得手机也不那么好，草太就因此受到监控，实在很可怜。想在好不容易才拥有的秘密之家里好好放松一下，却接到爸妈打来的电话，岂不是大煞风景？

一个星期后的星期天，大家在一楼阿玄和阿俊的房间里集合，围着矮脚餐桌坐着。亮平先叮嘱草太："把手机关了。"于是草太从裤兜里掏出手机，做了关机的动作。

"嗯，经过了一个星期，大家有没有什么问题？"亮平问。亮平在学校里也不爱主动发言，不过因为这间空屋子是他发现的，也使他俨然成了大家的领袖。

"我家没什么情况。今天我跟家人说，要和你们一起出去玩，然后才出门的。"草太说。

接下来是琢己。"我也是这么跟家人说的，所以我妈还做了饭团。大家一起吃吧！"听到琢己这么说，大家都压低声音，轻声欢呼起来。

"我家也没有什么事。今天我和草太一样，跟家人说要和朋友出去玩，然后才出来。"变了声的阿玄用低哑的声音说道。

"我和阿玄一样。"阿俊说。

"我妈还称赞我，她夸我最近常常到外面玩，也不玩游戏机了。她哪知道我在这里玩……这叫什么呢？眼不见……"琢己笑嘻嘻地说。

"心不烦。"阿俊小声嘟囔着。

"对，就是这个词，眼不见，心不烦。"这说法一点儿也不好笑，琢己却自顾自地笑了起来。

"好，既然大家都没问题，那就来吃点儿东西吧！"

听了亮平的话，琢己赶快把装着饭团的保鲜盒从袋子里拿出来，然后欢快地跑到厨房，拿来小茶壶和茶杯。

“各位，请用吧。”

亮平的妈妈给了他二十元，叫他去便利店买吃的，所以他买了三明治和可乐。其他三个人的情况跟亮平差不多。

“真好吃！”琢己一口吞下饭团，把嘴巴塞得满满的，然后很夸张地往后倒下。

“只是个饭团而已，有这么好吃吗？”

“因为在这里吃，所以才觉得特别好吃啊。”亮平一说，所有人都用力地点头。

“亮平说得对。”草太说，“这里真是……该怎么说呢？特别吗？”

“嗯，对。”阿玄说。阿俊也用力点头。

“不管什么都很特别。像我们这样围着矮脚餐桌，坐成一圈吃东西，不就像一家人吗？”

“琢己，你的狗嘴偶尔也能吐出象牙嘛。”

亮平一边吃着三明治，一边把琢己的头发揉得乱七八糟的。琢己用茶杯喝着运动饮料。

“我想晚上到这里来。”

阿玄说出这句话的时候，他们已经玩腻了纸牌。

“晚上？”

“晚上！好呀。”

“带手电筒或是蜡烛过来。”

“好像行不通吧！”

大家的眼睛闪闪发光，立刻开始讨论起来。亮平感到有些懊恼，自己怎么没有想到这个点子呢？

“住在这里……恐怕有困难吧？”草太侧着头说。

“对啊，不行啦。就算我爸妈同意我到草太家过夜，晚上出门直接来这里，但只要我妈打个电话过去，就穿帮了。”

“那就先住在某个人家里，然后半夜偷偷溜到这里。”

“好玩儿。”

“哇，紧张又刺激。”

“不行！那太冒险了。”亮平阻止了已经赞同草太意见的阿玄和阿俊。

“大半夜的，五个人在屋子里进进出出，家长一定会发现，计划也不会成功。如果只是惹他们生气也就罢了，万一秘密之家曝光了，那该怎么办？”

“的确很危险。”草太说。大家也点点头。

“不过，我想试试。”阿玄说。

“大家都想试，对吗？”亮平逐一看着大家的脸，所有人都用力点头。

“不如这样吧，大家先住在某个人家里，然后在八点或更早一点，跟爸妈说要去便利店，接着到这里来待个一小时，如何？”

“琢己，你今天很聪明嘛。这么做应该没问题！大家觉得怎么样？”亮平又逐一看着大家。

“我觉得不错。”草太先说道。阿玄和阿俊也表示赞成。

阿玄虽然嘟囔着“我说的是真正住在这里”，不过他也清楚这很难实现，于是叹了一口气，说：“自己家的生活真是无趣。我哥哥经常去朋友家里住，我爸爸妈妈也不会打电话去查岗。”

“没办法，这就是我们现在的处境。那我们什么时候行动？哪天实施这个计划呢？还有，要去谁家住？”亮平打断了阿玄的牢骚，大家开始讨论具体的细节。

首先，如果是上学的日子，父母应该都不会同意，所以大家决定在星期六行动。星期六草太得到补习班参加模拟考试，不过那是下午一点到三点的时段，只要避开这个时间就没有问题。

至于住在谁家，草太第一个说：“可以住在我家呀！”

“我家不行，因为我妹妹还很小。”亮平说着，想起自从由加出生后，自己就没有带同学回家玩过。现在由加的同学却常常到家里来玩，把家里搞得像幼儿园一样。他们打开玩具卡拉OK又唱又跳，吵得要命。

“如果草太家可以，那就好了，因为他家很大。我家太小，我们这么多人根本住不下。而且草太的爸爸不在，要是他爸爸在家，那我们得提心吊胆了。”

听琢己这么说，亮平心里一惊，看着草太的脸。亮平心想：“天哪，琢己这家伙……”

草太的爸爸妈妈在他上小学三年级时离婚了，草太的姓也从“日比野”改成了“杉村”。学校里草太的学籍档案上，也没有他爸爸的名字。不过，亮平从来不觉得草太可怜，因为草太还是草太，一点儿也没变，他住的房子还是跟以前一样。

然而，琢己刚才说那些话，亮平还是觉得他很鲁莽。不过草太很平静地说：“好，那就住在我家。”不过他又马上喊着“啊……不行，我忘了”，然后就抱住自己的脑袋。当亮平问他怎么回事时，他回答：“这个星期六，我爸爸要回家住。怎么办？要先跟我爸爸说别回来吗？可是，那边的妈妈会不高兴吧。”

“那边的妈妈？什么呀？”

亮平用手肘戳了戳琢己的肚子。这家伙，竟然还问，真想朝他的脑袋敲下去。然而草太跟先前一样，一副若无其事的表情。

“嗯，就是我爸爸再婚的对象呀。”草太又接着说，“我今天晚上打电话给我爸爸，问他可不可以下个星期六再来。所以要等明天到学校才能告诉你们结果了。”

“我们改成下个星期六也可以呀。”亮平试探地说。

事实上，等到下个星期六，那太难熬了，就算只等到这个星期六，亮平都觉得难以忍受，连脑袋都似乎迟钝了呢。所以一听见草太说“我想大概没问题吧，我也好期待，很想早点儿行动”，亮平不禁松了口气。

之后，大家继续讨论行动那天要带什么，要在这里做些什么，一直讨论到六点十五分。

大家像往常一样把垃圾收拾好，尽可能不引人注意地一个个离开。

“搞定。”第二天，星期一的早上，草太笑嘻嘻地摆出“V”形手势，亮平他们立刻大叫“酷”，高兴得互碰肩膀、背部。班上的同学一头雾水地看着在走廊上又叫又闹的他们。

不过事情的进展并没有大家想象的那么顺利。

“不行，四个人住在草太家，一定会给草太的妈妈添麻烦的。”

“草太说可以，大家也都能去，只有你不准。”

亮平哪肯善罢甘休，因此紧紧缠着妈妈。事实上，除草太外，其他人家里的情况如何，他还不知道呢。

“不准你去，是因为吃饭的问题。你们五个男生正在发育期，食量大得吓人，让人家怎么准备呀？”

“要不晚饭就每个人回自己家里吃，吃完再去，这样总行了吧？”

“不行。你们在别人家里吵吵闹闹到很晚，就是给别人添麻烦。”

“我们不会吵吵闹闹的，我向你保证。我以前也常去草太家玩啊，而且很早就睡了。”

“不行不行，五个人聚在一起，一定很吵。”

“为什么？由加的朋友不是也常来我们家玩吗？而且是很多人一起来！”

“他们都还在上幼儿园，不像你们这么大了，一大群男孩子跑去住，草太的妈妈都不知道要让你们睡在哪里呢。”

“我哪知道！不过草太自己都说没问题了呀！”

“搞什么，你怎么用这种口气跟我说话！亮平，你给我站住！”

亮平又气又恼，眼泪都快出来了。他心想：“妈妈真是偏心……不公平！”他重重地踩着楼梯，发出响亮的脚步声，跑上二楼，钻进自己的房间。为了发泄怒气，他还使劲地甩上房门。

第二天到了学校，亮平才知道其他人的情况几乎和他一样。最大的问题就是，他们的爸爸妈妈都觉得到别人家里吃晚饭很不好意思。所以亮平他们决定再试着说服爸爸妈妈，同意他们在自己家里用餐后，七点再去草太家。

“如果这样还不行的话，我就请我妈妈打电话过去。”草太用大人的口吻说。结果,必须出动草太妈妈打电话去讲情的，只有亮平家。

“草太的妈妈说务必让你去她家……总之，去了可别造成别人的困扰，知道吗?”亮平的妈妈很勉强地答应了。草太和他妈妈的关系究竟是怎样的呢，亮平不由得侧着头想。

亮平想到自己去草太家里玩时，倒是很少看到他的妈妈。不过，那又有什么关系呢?他心中满是期待与兴奋，因为计划就要实现了！总算可以在那个家——我们的秘密之家——过夜了!

终于到了行动当天。

星期六晚上七点，大家骑着自行车到草太家集合。

“打扰了——”一群人蜂拥着进了玄关门，草太的妈妈迎了出来。

草太是圆脸、单眼皮；他的妈妈却是瘦长脸，双眼皮很深，即使在家里也打扮得很漂亮，这和亮平的妈妈不一样。草太的妈妈嘴唇上涂了橘色口红，和她身上穿的黑色短上衣、黑色长裤非常搭配。

“欢迎欢迎。草太应该跟你们说过了，你们就一起睡在楼下那间有榻榻米的房间，可以吗？”

“可以吧？”一旁的草太问道。

“可以呀。阿姨，这是我妈妈要我带来的。”

“哎呀，我跟你妈妈说过别费心的。”

昨天晚上，亮平的妈妈打电话给草太的妈妈，一直重复说着“麻烦您了”“真是不好意思”这些话。今天带礼物来的只有亮平一个，亮平因此感到有些丢脸。

大家按照之前的计划，先到二楼草太的房间。草太的房间铺着木地板，非常宽敞，而且有电视、游戏机，甚至有电脑。

电脑据说是草太六月过生日时，他爸爸送给他的。要是在平常，大家一定会吵闹着玩游戏机，不过今天大伙儿一点儿心情都没有。每个人都坐立不安，一会儿站着，一会儿坐在床上。就在那时，有人的手机响了，是阿俊的手机。

“嗯，已经到草太家了，大家都来了。那就先这样。”

“阿俊，你买手机了？”亮平惊讶地问。

“没有，这是我妈妈的。她叫我带来，方便联系，其实我根本就不需要嘛。”

阿俊不满地说，把手机放回牛仔裤的口袋里，然后看了一眼手表。亮平他们也看了看手表，时间是七点十八分。

“时间差不多了。”亮平说完，草太点点头。

到底要几点出门，由草太跟他的妈妈说。至于用什么说辞，他们事先在学校里商量过了。于是大家一起跟着草太下了楼。

“妈妈，我们去一下便利店。”

草太依照原先讨论好的那样，若无其事地说。草太的妈妈正在厨房里，她站着就喝起红酒来了。

“便利店？要去买什么吃的吗？”

“不是啦，我们想去看漫画书，半小时就回来了，说不定再久一点点。”

“要去看漫画书啊……”

草太的妈妈“咕噜”一声喝下红酒，接着像是自言自语：“我有责任……这几个孩子的爸爸妈妈把他们托付给我……”然后她转向大家，说，“你们也都知道现在的社会有点儿不安全吧？就算自己很小心，周围却有一大堆奇奇怪怪的人。”

“别担心，不会有事的，我们五个人在一起，万一有什么状况，可以大声呼救。”

草太的这句台词，倒是讨论中没有的。从草太家到便利店，骑自行车只要两三分钟。原本大家都以为草太的妈妈会很爽快地答应。

亮平担心地听着草太和他妈妈的对话，心想：“怎么办？要是草太的妈妈说不行的话……那所有计划就泡汤了。”这时琢己说话了:“阿姨，没问题的，我们是无影脚，跑得很快。因为我们常惹老师生气，就练出无影脚了。”

草太的妈妈一听到这些话，仰头笑得很大声，脸都涨红了。亮平想:“草太的妈妈如果有点儿醉了,那对我们比较有利，之后的冒险进行起来就会比较容易，即使我们在秘密之家待久一点儿，她说不定也不会在意。”

“那好吧，不过只能去便利店，知道吗?”

“知道了!”

草太淘气地向妈妈敬了一个礼。亮平高兴得想跳起来，但拼命克制住自己，和琢己等人对看着。其他人也都尽量压抑兴奋的心情，使自己的脸上看不出异样。尽管他们很想大叫，却不能大叫，所以每个人都咬紧牙关，脸颊却忍不住颤动着。

“大家都进来了吗？要开灯喽。”

亮平用手电筒照着地面，其他四个人也马上打开手电筒。手电筒的灯光只照着地面和墙壁，没有照窗户，这也是大家讨论后做的决定。因为如果空屋的窗户透出光亮，附近的居民就会觉得可疑，或许会打电话报警。

五个人围着一楼的矮脚餐桌坐下。随后，亮平用打火机点燃餐桌上的蜡烛。蜡烛立在水果罐头上，打火机则是亮平在几天前神不知鬼不觉从他爸爸那儿偷偷拿来的。

蜡烛的亮光只能照到矮脚餐桌周边，宽阔房间的黑暗角落总是让人觉得阴森森的，很可怕。亮平觉得自己脖子上的寒毛直竖，不过为了不让别人认为他胆小，他还是用平静的声音说："有些暗，我再点一根蜡烛。"

"我来点吧。"阿玄从背包里拿出一根粗粗的黄色蜡烛，等点燃后，烛油滴落，再直接将蜡烛立在桌上，"这个可以吗？这是我小时候收到的礼物，之前一直摆在架子上。"

"太好了，灯光美，气氛佳。"阿俊说。确实，粗蜡烛的火焰更明亮，大家总算能看清楚对方的脸了。

"喂，把吃的东西拿出来吧，吃点儿东西。"

琢己最先从背包里拿出仙贝、巧克力、可乐等东西。大家也纷纷从自己的背包里取出零食。因为刚刚吃过晚餐，亮平一点儿也不饿，但还是想吃东西。他把虾饼"哗啦啦"地全部倒进准备好的大铝盘里。

"哇！"草太似乎很开心。

"我们好像在开派对呢。"

"没错，今天晚上我们就是在开派对。"

"等一下，先别开始。"

琢己非常着急地跑进厨房，拿来他引以为傲的茶具。阿俊把运动饮料倒进茶杯时，琢己急着喊"我来，我来"，然后依序帮大家把饮料倒进杯子里。等到饮料倒好了，亮平开口说：

“好，派对差不多可以开始了吧？我先来。”

建议讲故事的是草太。“讲故事，这是晚上待在空屋子里一定要做的事！”草太这个建议得到了所有人的赞同。

亮平一边吃着虾饼，一边开始讲故事：他的阿姨曾经到一个地方旅行，拍照时，肩膀上却冒出一张人脸。

“至于那张人脸呢……就像这样！”

亮平打开手电筒，把手电筒的光由下往上照着自己的脸。琢己吓得“哇——”地大叫，紧紧抓住旁边的阿玄。阿俊也抓住阿玄，还低着头抖个不停。

“我不行了。”

“我也是。”阿玄低声说道。只有草太若无其事地笑着。

“喂，琢己，你给我安静点儿！我的故事讲完了，接下来谁来讲？”

“我。”草太举手。

“哦——我要说的是一个真实的故事，是我爸在小学五年级时发生的事。”

草太先说了这段话当作引言，接着开始讲他爸爸去海边游泳时溺水的故事。草太的爸爸游泳技术很好，但不知道为什么，当时他的双脚好像被谁拉住了，海水直往鼻子和嘴巴

FM

里灌，他几乎就要被海水淹没了。草太的爸爸拼命踩水，他转头往后看，却看到了一个人。因为那个人的头发是金色的，所以应该是个外国人。

“他上岸后，竟然看到一块很大的石碑。那是一块纪念碑，用来纪念一艘叫什么轮的外国船只，纪念发生船难时死掉的那些人……”

说到最后，草太用阴森森的语气做结尾。早就料到琢己会大叫的亮平，赶快将琢己的脑袋在自己的胳膊下夹紧，这样才降低了他的音量，使他的叫声变小。琢己虽然被吓成那样，轮到他时，却活灵活现地开始说了起来：那是他从爷爷那里听来、很久很久以前在学校流传的不可思议的故事。不过这种故事连阿玄、阿俊都好像听惯了，并不感到害怕，因此琢己很沮丧，还对他们说：“你们难道不能表现得害怕一点儿吗？”

“接下来该我喽，我要讲的故事是……你们看，那边是不是有‘血迹’？”

阿玄迅速将手电筒往墙上照去，大家立刻发出“啊”的惊叫声，并抱住离自己最近的那个人。就在这时，突然响起一个吓人的声音，是某个人手机的来电铃声。大家又“啊”地大叫，吓得都跳了起来，把矮脚餐桌上的茶杯都打翻了，杯子里的运动饮料溅得到处都是。

“是我的手机。喂！”由于惊慌，草太说话的声音变得又干又哑。

“咦？现在？现在……”草太求救似的转头看着亮平。

“便利店。”亮平轻声说着。

“我现在在便利店。嗯，好，好，我知道了。”

草太接完手机，说：“该回去了，已经过了一小时。”

阿玄咂舌发出“啧”的一声。

“要回去了吗？”

“不过……或许……”草太一边想一边说。

“或许再待个二三十分钟也没关系，因为我妈妈好像醉得挺厉害的。她一喝醉，就会跟朋友打很久的电话。她大概是想先跟我通个电话，再打给朋友，好好聊个够。”

“太好了！”阿玄和阿俊互相击掌。亮平和琢己也做了相同的动作。

“况且，草太的妈妈再怎么样也不会知道我们在这里，对吧？”

大家听了亮平的话，只管点头。

亮平继续说道：“所以，让我们不得不小心的只有这附近的居民。我们还是别回去太晚，害草太被他妈妈骂。”

“没错。”阿玄应道，“那就延长半小时。”他这么提议，大家都没有异议。

现在轮到阿俊了，阿俊却说:“我讨厌讲故事。”大家也都觉得腻了，于是就让阿俊跳过。琢己好像想起什么，跑向厨房，拿来抹布和毛巾，大家把打翻的运动饮料擦干净。

之后不知道为什么，大伙儿的话变少了，只是一边喝着可乐和果汁，一边盯着蜡烛的火焰。

空罐子上的蜡烛变短了，阿俊赶紧换上新的。好半天草太终于喃喃说了一句:“晚上果然和白天不一样。”

“真的不一样。”亮平应着，然后想了想又说，“到底是哪里不一样呢？不只是因为晚上黑漆漆的……好像有那么一点儿变成大人的感觉，好像有种不管什么事都办得到的美妙感觉。”

“是啊。”

“没错。”

阿玄抱着膝盖，阿俊靠在阿玄身上，伸着双脚坐在睡袋上。亮平则盘腿坐着，两手抱在胸前，他还在思考，想找出最合适的词语来形容大伙儿现在的心情。

“或许……能像现在这样一起待在这里，是一件很了不起的事吧。这段时间，我们一直保守秘密……今天甚至在晚上来到这里……这一切都很特别。”

“啊，就是这样，就像你说的那样。”阿玄很难得地说出这么长一句话。

“来，为这特别的晚上和特别的伙伴干杯吧！”

琢己立刻将可乐打开来。

“干杯！”

大家互碰罐子，然后“咕噜、咕噜”地喝着可乐，草太满足地发出一声“呵啊”。

“等我们长大以后，要是能像现在这样住在一起，那就太棒了，对吧？”

“嗯，如果这样一定很好玩儿。”亮平打从心底里赞同。

五个志趣相投的伙伴，要是能一起生活，一定非常有趣吧？白天，各自到不同的地方工作，晚上回到大家的秘密之家轮流做晚餐……

“我们将来会变成什么样的大人呢？”亮平说出心里的想法。

草太应道：“不知道。”

“搞不好会变成很无趣的大人。”阿玄用一种没有指望的语气说道。

“像我爸爸一样的上班族。”

“我讨厌上班，一点儿也不想成为上班族。”阿俊说。

“那你想做什么？”琢己问。

“我还不知道，但也许是做某种脚踏实地的工作……嗯，我想到了，就是那种可以不用跟别人说很多话的工作……比如面包师之类的。”

“开面包店吗？不错嘛。”亮平说着，感到有些惊讶，原来阿俊是这么想的……

“我要是能当个搞笑艺人就好了。那很赚钱吧？我想轻轻松松地赚大钱。赚了钱变成大富翁，就可以盖一间比这更大的秘密之家。”琢己说。

大家听了琢己的话，纷纷发表意见，不过亮平刚好在想事情，所以没有好好听。他想的是：“那我呢？我想要做什么样的工作呢？”

他想到自己小时候曾经想当个棒球运动员。他还在幼儿园的毕业纪念册上画了棒球运动员的图画。后来，自己渐渐知道那只是个梦，是一个不可能实现的梦罢了……

“嗯，算了。”亮平喃喃自语。

“什么算了？”草太问。

“没事。干吗选在今天想将来的事？我们可是费了好大的力气，才拥有一个这样的晚上，别想那些啦！”

“不过，草太不是要考私立中学吗？”琢己问。

“大概是吧。我自己觉得念公立中学就行了，但我爸爸妈妈要我考私立的。”

“那上了初中，你就会跟我们分道扬镳，各走各的。”琢己用手托着下巴落寞地说。

草太露出淡淡的笑容，说："我还不确定要不要去考呢。"

"不，你要去考，一定要去。"亮平说。

"你那么聪明，一定要去考。况且大家住得这么近，你才不会跟我们分道扬镳呢。"

"嗯，说得也是。"

"是啊，我们就像一家人一样，是分不开的。"琢己抢先说道。

"要不要发誓？"

亮平直盯着在烛光照耀下的草太。他的声音变得低哑，和平常不一样。草太也用认真的表情看着亮平，将一只手放在胸口。

"我发誓，在这个大家的秘密之家发誓。"

"酷！"

亮平和阿玄、阿俊和琢己，"啪啪"地互相击掌。这时草太的手机又响了，但这回的对话很短。

"喂？嗯，要回去了。"

"你妈妈生气了吗？"亮平问着关掉手机的草太。

"嗯，我想震度大概有三级吧！"

"那相当危险，走吧！"

看看表，已经是晚上九点三十七分了。阿玄将蜡烛吹灭，房间立刻被黑暗包围。亮平和草太几乎同时打开了手电筒。

跟来的时候一样，大家轻手轻脚地、一个个走出了屋子。

亮平是最后一个走出来的。他深吸了一口气，抬头看着天空。外头的空气很清新，弯弯的新月高挂在空中。“完成了，终于顺利完成了冒险！”亮平这样想着，紧绷的情绪也放松了下来。但是在这情绪之外，还混杂着另一种情绪——他好想继续跟大家聊天，聊那些平常不会聊到的话题，此刻亮平的心情变得颇为复杂。

亮平在心里对自己说：“不过总算没有发生什么意外，顺利完成了冒险，而且还有下一回呢！是啊，任何时候都可以再来冒险！只要这个空屋子还在，只要大家能保守秘密！”

骑上自行车之前，亮平又一次抬头看着天空，对着新月轻轻地点头。

他们回到草太家时，草太的妈妈在客厅里一边喝酒一边打电话。

“就是说嘛。你们终于回来啦，被子铺好了，洗澡水也放好了，你们……”

草太的妈妈打电话正讲在兴头上，连看都没好好看他们一眼。大家松了口气，跟着草太走进房间。房间里整整齐齐地铺着四套垫被、棉被等床上用品，看起来就像是在校外教学旅行似的。

“呀，太好玩儿了！”琢己最先把背包往被子上一丢，自己躺成“大”字形。

“我也要睡这边。”草太说着，跑到自己的房间，拿了枕头过来。

“我要进去喽。”

“好呀。”

草太钻进了亮平的被子里。

“喂喂，我们还会去冒险吗？下次什么时候行动？”

“什么时候都可以，大家都没问题吧？只不过太麻烦你妈妈了，所以中间必须隔一段时间。”

“说得也是。但是下个星期我爸爸要来这儿住，所以下下个星期六呢？”

“好啊。”

“住我家也可以，虽然我家很小。”阿玄说，不过马上又补充道，“可是我爸爸妈妈很啰唆。如果晚上要溜出去，还是草太家比较方便。”

“如果我每个星期都说去别人家住，我妈妈肯定不同意。所以还是下下个星期吧。”琢己说。

因此大家就决定下下个星期六行动，然后马上开始讨论那天要做些什么。

阿俊又说他讨厌讲故事。那玩牌呢？或是什么都不做，只是聊聊天？他们提出各式各样的意见，一直讨论到很晚，没有一个人跑去洗澡，也没有换上带来的睡衣，就穿着原来的衣服，不知不觉地睡着了。

第二天是星期天。

因为前一天晚上聊得太晚，亮平睁开眼睛时，已经十一点十三分了。琢己、阿玄和阿俊都还在睡，只有草太不见了。

亮平跑去上厕所，在那里遇到从二楼下来的草太。草太换上了新的T恤和牛仔裤，看起来神清气爽的。

“哟，早啊。我上一下厕所。”

草太对刚从厕所出来的亮平说：“对了，我妈还很想睡，所以她说早餐和午餐就用这些钱去便利店买些东西来吃。”

“三百元！也就是每人六十元！好阔气！”

亮平看到草太递过来的三张一百元钞票，不禁激动万分：“就算我们吃大餐，就算我们煲电话粥，草太的妈妈也不会说什么吧，而且她还这么慷慨。要是我妈妈，绝对不可能这样，早就哇哇叫着‘大家要睡到什么时候啊’，然后敲门把每个人叫醒。”

“不如这样吧，我们叫大家起来，去便利店买一些吃的，然后带去秘密之家吃，你觉得呢？”

“嗯，我正有这个打算。”

“好，叫醒大家吧！”

“好——”

于是他们跑去叫醒其他三个人。亮平和草太一边大笑着，一边丢枕头、挠痒痒，直到把他们弄醒。刚开始阿玄他们还不愿意起床，但是当他们听到亮平和草太所说的话时，一下子就睁开了惺忪的睡眼。

阿俊想确认这件事到底是不是真的，立刻问道："有三百元，真的假的？”接着他又说“你妈妈真好说话呀”，并把草太的背部拍得啪啪作响。接着，大家赶紧起来收拾。

草太说："把被子叠一叠，放在角落。”大家照着做了，然后脸也没洗、牙也没刷，就飞奔出草太家。

大家在便利店里买了各自喜欢吃的东西。爱吃面包的亮平买了两个大汉堡和可乐、薯片。草太只买了一个二十多元的便当和橙汁。

“我早餐想吃饭。”

“是吗？我更喜欢吃面包。我妈说我们的传统就是早上吃饭，喝味噌汤。我家每天早上全是这些。”

“真好，这就是我向往的早餐。”

“是吗？我想和你交换妈妈，我是说真的。”

草太和亮平在收银台那儿聊着，阿玄和阿俊也跑了过来。他们俩也只拿了罐装果汁、玉米脆片、薯片等零食。

“你们就吃这些？”亮平问。

“剩下的当作零用钱。”阿玄的脸上浮现出浅浅的笑容。阿俊也微笑着说：“我和阿玄一样。”

“天下竟然有这种事！”亮平显得很惊讶，草太却只是笑了笑。

琢己双手抱着饭团、三明治和零食，从另一边走过来，接着同样的话又重复了一遍：“天下竟然有这种事？”

“有啊。”

“对啊。”

“每个人自己决定要怎么用这笔钱，这也没什么不好。”草太像是总结似的说。

之后大家一起走出便利店，在湛蓝的晴空下朝大家的秘密之家走去。

是谁第一个紧急刹车的？在最前面带头的又是谁呢？之后亮平怎么都想不起来。他连自己是怎么停下自行车、怎么下车的，也记不清楚了。只知道自己意识到时，大伙儿全默不作声、呆呆地站在路边。

大家的秘密之家竟然了无痕迹，不，确切地说，是有痕迹的。地面的一角裸露出红色的土壤；隔壁房子的混凝土墙边，堆着门、榻榻米等木料；木料上还放着一床破烂的棉被。再上头则丢着坏掉的矮脚餐桌。矮脚餐桌的残骸上，还放着一个坐垫。

大家用来分装垃圾的垃圾袋已经不见踪影。琢己的茶具和阿俊的睡袋，以及海报、怪兽玩偶、草太的心形靠垫，还有昨晚用来照亮黑暗的蜡烛，也都不见了踪影。

空屋子被铲平了，那块地看起来特别空旷，空地中央停着一辆黄色挖土机。挖土机上坐着一个头上缠着毛巾的神色悠闲的男人。那个男人看了亮平他们一眼，然后不感兴趣地移开视线。

“呜呜呜……”琢己像个小孩似的抽噎起来，“我们的秘密之家……呜呜呜……”

“笨蛋，别哭。”亮平抱着琢己的肩膀，琢己反而哭得更厉害了。

草太跌坐在地上，双手抱着头。

阿玄和阿俊先是呆呆地站在那儿，接着阿玄使劲用双手擦着脸庞。亮平想：“说不定他也哭了，但他可能极力忍住了泪水，就像我一样。”

“喂，琢己，别哭了。”亮平摇晃着琢己的肩膀，琢己却哭得更厉害。

“可是……可是……我们的……秘密之家……”

“我懂，我懂！不过，我们早就料到会有这么一天的，不

是吗？而且我们已经有过一段很快乐的时光了，不是吗？还有昨晚我们的冒险实在太棒了，不是吗？”

亮平的话似乎是说给自己听的。琢己仍不停地抽泣，并没有回话。草太、阿玄、阿俊也都没有作声。亮平想：“是啊，早就料到会有这么一天。很快，这里就会盖起新房子！像东京这样的都市，不可能一直任由空地和空房子荒废在这里。”

不过……亮平咬着下嘴唇，咬得都有些发疼了。没想到会这么快！一直都觉得还有时间，一直相信大家还可以在里头一起做很多事情。真是让人懊恼！真是让人落寞！真是让人伤心！

“别哭了，琢己。”亮平再一次晃着琢己的肩膀，这一回他的动作有些粗鲁，“等我们长大了，大家一起出钱买一栋房子，住在一起。大家一起住！这样好吗，琢己？”

琢己微微点头。草太站了起来，把手放在亮平的肩膀上。亮平转过头，看到草太露出带点儿落寞的微笑。

亮平很清楚草太在想什么。此刻他为了安慰琢己所说的话，要实现可没那么容易。应该是不可能的吧，哦，不，草太应该认为有百分之九十八的概率没法实现！

因为买一栋房子得花很多钱，亮平家还有二十五年的房贷要还呢，这是他爸爸经常挂在嘴边的。对自己来说，对他们这一群人来说，真的有办法合资买一栋房子吗？

不过，这也不是不可能实现的梦想，亮平对自己说。它并不像想成为棒球运动员，或是想进入国家男子足球队那样，那都是无法企及的梦想。就算只有很小很小的概率，它依旧是个可能实现的梦想。“对了，就把它当作我的梦想吧！”亮平想，“即使是栋很破旧的房子也无所谓，那是一栋大家想聚在一起时就可以聚在一起的家。在那里，每个人都可以做自己喜欢的事，不必在乎别人高不高兴。嗯，我要朝着这个梦想迈进！向前迈进！”

这时，草太自言自语道：“如果这里盖了房子，希望里面住着幸福的一家人。”

“幸福的一家人？”

“怎样才是幸福的一家人？”亮平正想发问时，阿玄和阿俊已经开口了。

草太微微地耸耸肩，没有说话。

坐在挖土机上的男人慢吞吞地站了起来，伸手把头上的毛巾绑紧。那就像是个信号似的，大家不约而同地骑上自行车，踩起踏板，尽管他们不知道要往哪里去……

绫子的故事——

第一次买内衣

“所以这种事对妈妈来说，也是第一次啊！”
妈妈说这些话时好像很不安……
绫子试着让那个声音一再在耳边重现，
她波动的情绪也渐渐平静下来。

绫子一打开五斗柜最上层的抽屉，就看到短袖T恤叠得整整齐齐,就像是放在服装店的架子上似的。她的心猛地一跳。

这肯定是妈妈整理的！她发现了吗？

绫子粗鲁地翻开T恤，往抽屉下方摸索着，摸到一个袋子，袋子好端端地摆在她昨天藏着的地方。可是，难道妈妈没有发现吗？不，她一定发现了，还把袋子放回原来的地方。错不了，一定是这样！

“惨了！”

绫子双手紧抓着袋子，往地上一坐。妈妈经常自作主张地整理绫子房间柜子里和桌子上的东西，把丢得到处都是的大头贴放进专门收集大头贴的本子里，把课本、笔记本竖起来排成一排。

“这是我的房间，你别乱动我的东西！”绫子抱怨道。

妈妈却反过来责备她：“还不是因为你太散漫，都六年级了，还不会好好整理自己的房间，老是乱七八糟的！”

因为这个缘故，今天绫子在学校时就有不好的预感，一放学就急着赶回家。她和好朋友彻子在加油站道别后，几乎是跑回家的……“快一点儿，一定得快点儿到家，把那个东西藏到别的地方，一个绝对不会被妈妈发现的地方。”绫子这么盘算着，然而，还是被发现了……

绫子长叹了口气，慢吞吞地站起来，打开储物柜，将袋子扔进塞满史努比、小熊维尼、黑猫吉吉等毛绒玩具的那一层。这些是她上幼儿园时的玩具。“要是没买这个东西就好了。”从昨天起，这个念头到底出现了多少次，绫子都搞不清楚了。

“唉——”

绫子又长叹了口气，重重地倒在床上。她的左胸灼热起来，脸蛋不禁皱成一团。

绫子用一只手抚摸着左胸，缓缓躺平。她皱着眉头想：“妈妈真的发现了吗？她会不会根本就没看见……她要是知道我买了这个东西，刚才我进门喊着‘我回来了’的时候，她怎么什么都没问？还是说，她想等晚些时候再问，等吃晚饭的时候再问？”

绫子慢慢地爬起来，再打开储物柜。储物柜最下面那层放着一个旧背包。她把袋子小心翼翼地装进背包里，拉上拉链，放回储物柜最下层，然后又躺回床上。

昨天，也就是星期天，九月二十日的下午，绫子去逛了时装店。她跟妈妈说“我去一下书店”，就出门了。

“你要骑自行车去吗？”

“嗯。”

“要注意安全啊。”

“知道了。”

绫子察觉自己的声音过于高亢，担心妈妈发现有异样，因此心怦怦跳个不停。

到了时装店的二楼，绫子的心跳得更厉害了。当她走上楼梯，准备到二楼的服装卖场时，心里更像念咒语似的不断重复：“千万不要遇到认识的人，千万不要遇到认识的人！”她想万一遇到同班同学，问她来这里买什么时，也只好说买手帕之类的东西，然后回家去。

当绫子走到挂着“女士内衣”标示牌的区域时，不知道为什么，脑袋里嗡嗡直响，混乱得不得了。红色、粉红色、米色、紫色……衣架上各种颜色的内衣在她眼前晃来晃去，她的脚就像踩在软绵绵的云端，整个人轻飘飘的，一点儿力气都没有。绫子觉得这些内衣看起来像是半透明的云……

虽然如此，绫子还是想起了来这儿的目的，也想起到这儿来的理由和所下的决心。她拼命盯着内衣的价格看。太离谱了吧……怎么这么贵？

这时，她注意到摆在走道中央的花车，上头立着“内衣特价四十九元”的牌子。

“快一点儿，趁着没有遇到熟人，赶快买下来！啊！75A、80B，这是什么呀？”绫子在堆成小山似的白色、粉色内衣堆里翻找着，脑袋变得一片空白。算了，哪一件都一样！绫子随便抓了一件白色的内衣放进购物篮里，走向收银台。因为今天是星期天，结账的人非常多。“千万不要让我遇到认识的人！千万不要让我遇到认识的人！……”绫子在心里反复念着。

她不敢看收银员，只顾低着头，从侧背袋的钱包里拿出一张五十元的钞票。绫子每个月有一百元的零用钱，跟彻子拍拍大头贴、买买漫画书，一下子就用光了。不过这个月为了买内衣，她硬是省下了五十元。

“收您五十元。”

收银员先找钱给绫子，然后把内衣卷起来，放进白色的塑料袋里，再交给绫子。绫子将塑料袋和小钱包一起塞进侧背袋，接着像逃命似的跑下楼梯。

太好了，没有撞见认识的人。有了内衣，明天上体育课时就不会觉得丢脸了。穿上它，胸部会显得比较大；要是被别人不小心撞到，也不会觉得痛了。

骑着自行车回家时，绫子一边轻快地踩着踏板，一边哼

着歌。

“啊，你这么快就回来了！”

绫子没有回答，而是直接跑进二楼自己的房间。她一关上门，就把T恤脱掉，兴奋地穿上还没有摘掉价格牌的内衣，然后费力地把背后的扣子扣上。

是沮丧，还是失望？不！是绝望！现在绫子躺在床上回想当时的心情，不禁把脸埋进枕头中。特价四十九元、标示着85B的内衣，那内衣在她平平的胸部松松垮垮，过大的内衣盖到了胸部下方。绫子试着调短肩带，内衣却又跑到上面来了。她想要是穿上T恤，多少会好点儿吧，但是穿上后，看着衣橱镜子里的自己，她很想哭！T恤一套上，内衣就被压得凹下去了。

这种东西，丢掉算了！绫子却不知道丢在哪里比较好。不管是丢进房间的垃圾桶，还是丢进厨房的黑色塑料桶，妈妈似乎都会发现，所以她才把内衣藏在五斗柜的抽屉里……

仰躺在床上的绫子将两只手放在胸部，心里想着：“我的胸部要到什么时候才会变大，大得像彻子一样？”

彻子在五年级时就穿内衣了。彻子的妈妈告诉她，差不多是该穿内衣的时候了，就带着她去买了内衣。没错，彻子向她吐露这个秘密，是在五年级的下学期。“我那个来了呢！”彻子对她说这些话，已经是好一阵子以前的事了。

绫子对于自己的生理期还没开始，倒是不太在意，因为班上有一半的女生生理期都还没来。要不是有一定程度的交情，大家不会特意吐露“没来”或是“来了”的秘密。不过，只要看看那些不能上体育课、只能在一旁观摩的女同学，就可以知道大概的人数。“如果班上有一半的女生生理期都还没来，那表示情况和我一样的人也很多，我又何必担心。可是，我的胸部……”

大部分女生都发育良好，但不像彻子发育得那么惊人。而且，今年暑假结束、下学期开始之后，穿内衣的人突然多了起来。大多数人穿的都是背心式的内衣。什么内衣都没穿的，除绫子外，就只有又瘦又小的琉璃。

然而，妈妈没像彻子的妈妈那样对她说：“差不多该穿内衣了……”因为根本还不到时候，所以妈妈连想都没想过吧！

绫子静静地抚摸着左胸，只有这边开始发育，有些发热，要是有人撞到或压到，会觉得痛。要是跟别人说她要买内衣，一定会被取笑。所以，绫子不想让人知道，怎样都不想让人知道……

“要是没买那个东西就好了。”绫子把双手放在胸部，小声地嘟囔着。

那天的晚餐和平常一样。七点左右，没等爸爸从公司下班回来，绫子和妈妈就先开饭了。

“绫子，今天有作业吗？”

“有。”

“做好了吗？”

“还没。”

“还没？你放学回来后到底在干什么呀？你不是一直待在房间里吗？”

“在发呆呀！”

“快把作业做完，吃完饭就去！”

“知道了。”

“看，你又不吃青椒了。你可真偏食，青椒、洋葱、胡萝卜……都不吃。”

“妈妈还不是不吃纳豆①。”

“哦，纳豆啊！不过，妈妈就不吃纳豆一种而已呀！”

“可是，偏食就是偏食，哪分什么一种、两种、三种！”

“别再说了，把青椒吃了……”

“妈妈也把纳豆吃掉，我就吃青椒。”

“你又讲这种话了。”

绫子像平常一样和妈妈聊天，心里却想着：“妈妈什么时候会问我内衣的事？什么时候会问……”她的身体向前挺直，绷紧的神经渐渐松弛，思绪从藏着内衣的背包转啊转，转到

①纳豆：盛产于日本的一种食品。

被整理得整整齐齐的五斗柜抽屉里。

八点左右，爸爸回来了。他坐在绫子写数学作业的桌子对面，一边喝着啤酒，一边等着吃晚餐。绫子写完作业后，问妈妈："我可以看电视吗？"

妈妈一边把爸爸要吃的菜放进微波炉加热，一边问："功课都做完了吗？"

"嗯。"

"已经九点了，先去洗澡。"

"知道了！知道了！"

"'知道了'说一次就行。"

"知——道——了。"绫子故意大声地说。

她在浴室里洗澡时，早把内衣的事忘光了。只有在不经意间用浴巾摩擦到胸部时，才会不自觉地喊："啊，好痛！"疼痛的程度让她忍不住叫出声来。这时，妈妈走进浴室里。

"绫子，等等！"

妈妈把浴巾从绫子的手里拿走，盯着她的胸部看。

"怎么了？"

妈妈伸出手，用她涂着粉玫瑰色指甲油的指甲碰触绫子疼痛的地方。

"很痛！"

"很痛吗？"妈妈担心地问。

“很痛啊！”

“这边呢？”

妈妈的手轻轻碰了碰绫子的右胸部。绫子没有出声，把头转向一边。

“这边有感觉吗？还是只有那边疼？等等，别动。”说着，妈妈再一次碰触绫子疼痛的地方。

“嗯，有一点儿发热。什么时候开始有这种状况的？”

绫子沉默地摇摇头，她哪搞得清楚是从什么时候开始的。

“是升上六年级以后吗？”

绫子点点头。不知道为什么，她觉得自己好像变成了很小的小孩。

“是暑假过后，还是暑假前？”

绫子没有回答，只是歪着头，她的嘴巴好像失去作用了。

“我最近没和你一起洗澡，所以没发现……”妈妈像是自言自语道。

她把浴巾塞回绫子手中，就像刚刚突然跑进来一样，又突然跑了出去。

绫子拿着浴巾呆站了好一会儿，直到觉得冷了，才赶快用浴巾擦干身体，穿上印有红苹果图案的睡衣，然后对着满是雾气的镜子，慢吞吞地擦着湿漉漉的头发。

她有好多问题想问妈妈：“妈妈在我这个年纪时，也是这样吗？也是只有一边的胸部先感觉到疼痛吗？我这种状况应该不奇怪吧？”

虽然有很多问题想问妈妈，绫子却说不出口。如果问了，妈妈一定会提到那件不合身的白色内衣。

今天是星期一，晚上九点有个播报歌曲排行榜的节目。通常绫子都会霸占着电视，直到这个星期排名第一的歌手揭晓为止。不过，今天绫子觉得，如果跑去看电视遇上妈妈，会很不好意思，所以只拉开了客厅门，探出头，道了声“晚安”。爸爸和妈妈听到绫子的声音，同时转过头来。

“晚安。”

“晚安——”爸爸好像故意似的，用开玩笑的口吻说道。

“搞什么嘛，很讨厌哪……妈妈该不会把我胸部发育的事情告诉爸爸了吧……唉，想太多了！”绫子一边爬楼梯一边想着，“爸爸是男人啊！跟他说这种事干吗？我想太多了，想太多了！”

绫子走进自己的房间，一边看着明天的课程表，一边把要用的课本和笔记本收进书包。明天的第一堂课和第二堂课都是体育课，在换运动服时，又得很小心地不让别人看到自己的上半身。

“惨惨惨！”绫子喃喃念着，随即钻进被窝。

今晚，绫子比平常早上床，所以睡不着。她一直记挂着那个节目，想知道这个星期排名第一的歌手到底是谁。枕头边的闹钟指针还没走到十点十五分，如果现在跑去看，还来得及。对了，要是没看到，明天怎么跟彻子讨论呢？想到这儿，绫子急急忙忙从床上跳起来，跑到楼下。

“再怎么说，那已经是好久好久以前的事了。虽然自己曾有过同样的经验，现在却回想不起来了。呵呵呵！嗯，嗯，嗯嗯！是啊是啊！”

客厅的门半敞着，绫子听到妈妈打电话的声音。她停在客厅门口，妈妈继续说着。

“是啊！只有左胸部。咦？真理奈也是这样吗？真的？啊，太好了！因为只有一边的胸部是这样，我还担心是肿块呢。嗯嗯，嗯嗯，说得也是，不会有的啦。哈哈哈！”

绫子的脸开始发烫。这时，正在看周刊的爸爸发现了绫子，马上把视线移开。妈妈背对着绫子，站在隔开客厅和厨房的高台那边，所以根本没有察觉，继续打着电话。

“我还有一个问题想请教一下。真理奈已经穿内衣了吗？……咦？啊，这样啊！噢，这样。现在的小孩发育得比较早，不过绫子还没有，可以说还不明显。事实上，我今天整理了她的抽屉……”

“别再说了！”绫子大叫着，浑身发抖。妈妈立刻转过身来。

“啊！对不起，对不起！我再给你打电话。嗯嗯，嗯嗯，再见。非常谢谢你！”妈妈慢慢地、轻轻地把话筒放下。

“为什么？为什么要跟真理奈的妈妈通电话？”绫子往前走了一步，哑着声音问。

“为什么……”妈妈似乎不知道该怎么回答，“因为我和真理奈的妈妈交情很好。”

“我和真理奈的交情可不好，我们又不是同一个班的。别再跟她妈妈说这些了，我不喜欢你这样做。”

绫子说着，声音微微颤抖，眼泪也簌簌掉了下来。爸爸又看了一下这边，然后立刻把目光转回周刊上。

“绫子，嗯……”

“呜呜呜……”

绫子一边抽泣，一边跑上楼梯，然后很用力地关上房门。

“竟然跟真理奈的妈妈说了我胸部的事！而且爸爸就在旁边！连我偷偷去买内衣的事都打算说出来！如果真理奈的妈妈跟真理奈说了，明天去学校时，真理奈一定会跟其他人讲。”

绫子趴在床上，呜呜哭着。“太讨厌了啦！太讨厌了！连我的胸部发育得什么样都说出来了，爸爸还在旁边呢！妈妈怎么能这么做……”这些话在绫子的脑袋里转呀转的。她用拳头捶打着枕头，一次又一次，一次又一次。

这时，门外传来拖鞋声。

“绫子？”

妈妈打开房门。绫子咬着牙止住哭泣，身体也僵住不动。

“别那么激动，每个女孩都有像这样第一次的经历。”

妈妈说着，“啪”的一声把灯关了，她心里不知道正想些什么，转身就要走开。

“因为你是独生女……”妈妈喃喃自语着。

“所以？”绫子不由得问道。

“所以这种事对妈妈来说，也是第一次啊！”

妈妈说这话是什么意思？绫子正想着，妈妈却“唉——”地叹了口气。

“总之，今天就先这样。睡吧，晚安！”

妈妈说着，关上了门，却留下一道缝隙。走廊的灯光从缝隙中微微透了进来；绫子怕黑，所以走廊的灯总是亮着。绫子凝望着黄色的灯光，想着妈妈说的话。

“妈妈也会感到不安吗？妈妈也不知道该怎么处理才好吗？所以才打电话给真理奈的妈妈？真理奈有一个念初中的姐姐，所以真理奈的妈妈对这种事比较有经验？不过，妈妈只说是因为她跟真理奈的妈妈交情比较好，然而……”绫子慢慢转成平躺的姿势，把散在额前的头发拨开，她脸颊上的眼泪已经干了。

“然而，妈妈也曾经是小孩子呀，而且跟我一样是女孩。

那她的胸部是怎么发育的？又是什么时候开始穿内衣的？像这么重要的事，难道随随便便就忘了吗……”绫子一边想，一边静静地摸着自己左胸部，发育的疼痛难道在长大后就会被忘得一干二净吗？

“所以这种事对妈妈来说，也是第一次啊！”妈妈说这些话时好像很不安，因此声音有些慌乱，一点儿也不像总是唠叨“把那个做好，把这个做好”的妈妈说出来的。绫子试着让那个声音一再在耳边重现，她波动的情绪也渐渐平静下来。

这个星期六，绫子像往常一样睡到很晚。十点多，当她起床道“早安”时，妈妈说：“啊！我正想叫你起来。等一下要去购物中心，快点儿吃早餐。”

妈妈在客厅的桌上摆了一个碟子，上面放着玉米片和对半切开的西柚。

“去购物中心？我不去，我待在家里就好。”

“是去给你买东西，所以你不去不行。”

“给我买东西？”

“是啊！”

绫子和妈妈对视了一眼。不过妈妈很快就把视线移开了。购物中心在距离绫子家两站路远的车站附近，规模介于超市和百货公司之间，有停车场，也有电动扶梯，一楼是鞋子和服装卖场。难道……绫子的心中涌起满满的期待。为了不让妈妈发现自己的期待，她故意慢吞吞地用汤匙挖西柚果肉，妈妈因此又念叨了一句："快点儿吃！"

"你下午两点不是要上英语课吗？而且我还没弄好爸爸的午餐。今天是星期六，你爸爸应该是早餐、午餐一起吃的。"说到最后，妈妈变成了喃喃自语。爸爸休假时总是睡到中午，今天照样还没起床。

"开车去吗？"

"骑自行车去。那里的停车场星期六很难等到停车位。"

在绫子吃完玉米片之前，妈妈从化妆包里拿出了口红和小镜子。妈妈的口红和指甲油的颜色一样，都是珍珠粉色。妈妈对着小镜子涂好口红后，朝卧室走去。回来后，她上半身换上了暗沉带灰的黄绿色衬衫，下半身仍旧穿着原来的卡其色长裤，不过，珍珠粉色口红却和暗色的衬衫很搭配。

"我吃饱了。"

"盘子放到洗碗槽里。你就穿成这样吗？"

绫子从镜子里看着自己身上的T恤和牛仔裤。

"嗯。"

"那走吧！"

她们一到购物中心，妈妈什么也没说，径直往一楼卖场后方、挂有“女士内衣”标示牌的方向走。绫子也默不作声地挤过人群，跟在后头。

绫子也知道自己绷着脸、一副不高兴的模样。星期一晚上的事发生后，只要和妈妈单独在一起时，她就会摆出这副表情。妈妈则若无其事，和平常没两样地叫绫子去做作业、洗澡，唠唠叨叨，管东管西。

“这里卖的都是大人穿的内衣。”妈妈自言自语着，“不好意思。”她突然很大声地对店员喊道。

“有什么需要帮忙的吗？”

“哪里可以找到少女穿的运动型内衣？”

“运动型内衣吗？我们这里没有这种款式，不过少女内衣在那边。”

妈妈连声“谢谢”都没说，就快步朝店员所指的方向走去。

绫子依然绷着脸跟在后头。

她心中的期待变成了确定，“果然是来给我买内衣的”这句话一直在她心里重复着。虽然她开心得几乎要飞起来，但不知道为什么，就是挤不出一丝笑容。绫子也搞不懂自己的情绪。

不久，她们来到青少年服装区，妈妈对那些服装看也不看一眼，就朝摆着内衣的架子走去。那儿有很多印有花朵、水果等可爱图案的内裤和内衣。因为今天绫子是跟妈妈一起来的，所以她镇定许多，不像在时装店时，一看到各种颜色的内衣，脑袋就变得一片空白。不过，她紧绷的脸还是无法松弛下来。

“有了，有了，找到了。看，上面写着‘运动型内衣’。”

妈妈手上拿着的，是很像泳装上半身的白色内衣。

“班上有同学穿这个吧？”

“有。”绫子生硬地回答。

“嗯，那就试穿一下吧！好吗？”

绫子默不作声地点点头。她正要走进角落的试衣间时，却被一位男店员叫住了。

“很抱歉，我们店里的内衣是不能试穿的。”

“啊！可是泳装不是可以试穿吗？这不是类似泳装的东西吗？不试穿的话，怎么知道尺寸合不合适？”

妈妈真是强悍哪！绫子相当佩服，不过她的表情依然紧绷。

“啊——”店员似乎很伤脑筋，四处张望着。青少年服装区空荡荡的，除绫子她们外，没有其他客人，也看不到其他店员的影子。

“那……就请试穿吧！”

“谢谢。”这会儿妈妈露出了微笑，并轻轻点着头。

“小绫，把鞋子脱掉。”

“知道了，我又不是小孩子。”

绫子说着，把妈妈递过来的运动型内衣紧紧抓住。

她脱了鞋子走进试衣间，妈妈从外头将帘子拉上。绫子脱掉T恤，准备穿上内衣。不知道怎么搞的，她竟然急了起来，把应该穿过手腕的地方，从头上套了过去。

“怎么样？没有差很多吧？”帘子另一头传来妈妈的声音。

“还没穿好……嗯，没有差很多。”

“那是S号的，M号的也要试试看吗？”

“好。”

“那我现在去拿。”

“嗯。”

绫子的视线依然停在试衣间的大镜子上。这件内衣和小茧、小爱穿的一样，和胸部很贴合，内衣和裤子之间露出了肚脐眼。绫子侧身看着镜子里的自己，不禁有点儿沮丧，胸部看起来一点儿都没有变化。唉，算了，算了！绫子又正面对着镜子。只要穿上这个，体育课换衣服时，就不用裸着上半身了；被别人不小心碰到胸部，也不会觉得痛了吧。绫子朝镜子里的自己说：“况且，在这个世界上根本就没有跟你的胸部很贴合的内衣！现在还不到时候吧！”

绫子正自言自语着，妈妈把帘子拉开一条缝，探进头来。

“这件侧边会不会太紧？”

“不会。”

“是吗？那穿这件看看。这件是M号的，另外一件也是M号的，不过材质不一样，这件比较吸汗。”

妈妈把两件白色的内衣递给绫子,然后将帘子整个拉上。妈妈的影子投映在帘子上，绫子知道她正像警卫一样站在外头。

“妈妈？”

“怎么了？”

绫子微微拉开帘子，将那件较吸汗的内衣递了出来。

“这件可不可以拿S号的过来。M号的肩带太长了。”

“好的。”

一会儿，帘子又被拉开一条缝。“拿过来了。”妈妈将内衣递了进来。绫子不经意看到妈妈的鼻头冒出汗珠，差点儿笑了出来，赶紧低下头。

“小绫，怎么了？”

“你不要一直催，我会很紧张啊！”

“我这样会不会有点儿坏呢？”绫子正想着，又有一件新的内衣递到她的眼前。

“还是这件吧！”

“哪一件？”妈妈问着，又把头探进来。

“M号？S号？哪一件？”

“比较吸汗的S号。”

“M号呢？不合身吗？”

“不是跟你说了肩带太长了吗？”

由于试穿了太多件，最后都弄混了。

“那就买比较吸汗的S号。把身上那件内衣脱下来，换上你自己的衣服吧。”妈妈又把帘子整个拉上。绫子遵照妈妈的吩咐换上自己的衣服，她瞥了眼试衣镜，镜子中映出带着笑容的自己。

“因为是内衣，不多买几件没办法替换。”妈妈说着，一口气帮绫子买了三件，颜色是绫子自己挑的，一件灰色、一件浅粉色、一件白色。

“啊！好累呀！”她们朝出口走去，妈妈松了口气，突然停住脚步，盯着绫子。

“今天买的是你想要的吧？”

绫子心里说着“是啊”，却没有说出口。即使到现在，她都还带着类似生气的表情。

“这是什么鬼情绪啊！妈妈买了我一直想要的东西，自己却怎样也没办法坦诚回答：‘对，这就是我想要的。’这么别扭到底是为什么呢？”绫子一边想着，一边侧着头往楼下走去，忽然间猛地撞上了妈妈的背，因为妈妈突然在自动门前停了下来。

“对了，我们去地下楼层买东西吧。好吗，小绫？这会儿换你陪妈妈去买东西。”

妈妈说着，就快步走向通往地下楼层的楼梯，地下楼层卖的是食品。绫子没办法，只好慢吞吞地跟在妈妈后面。她和妈妈是分别骑自行车来的，自己一个人回去也可以。不过她告诉自己：“妈妈为我买了三件内衣，就陪她一下吧！”

食品卖场非常拥挤，就连收银台也得排队等老半天。等她们总算买好东西，从一楼的自动门走出来后，绫子吹着外面的风，觉得比待在开着冷气的店里舒服多了。

都九月中旬了，阳光还是很强烈，但是拂过的风令人感到舒爽，很有秋天的感觉。

在停车场，妈妈打开自行车车锁，把装了鸡肉和竹轮[①]的袋子放到绫子那辆车的车筐里，说：“这个麻烦你载喽。”装着内衣的袋子因此被压在车筐的最下面。绫子抽出装有内衣的袋子，挂在自行车把手上，然后踩着踏板跟在已经骑到人行道的妈妈后面。

“我绝对，我绝对……”绫子在心中不断地告诉自己，“我绝对不会做这种事，第一次给女儿买内衣，却还去买鸡肉。就算自行车车筐再怎么满，我也不会把装了鸡肉和竹轮的袋

①竹轮：日本的一种烤制鱼肉料理，又称鱼竹轮或烤竹轮。

子压在刚买的内衣上面。而且再怎么样，我都绝对不会跟女儿同学的妈妈通电话，讨论女儿的身体；也绝对不会在爸爸——也就是女儿的父亲跟前，讲到‘胸部’这个字眼；还有，我也绝对不会忘记左胸的疼痛，即使长大以后，也绝对不会忘记……”

绫子这么想着，心情顿时开朗起来。她使劲踩着自行车的踏板前进。在她前方约十米的妈妈一脚着地，朝后转过头来。绫子从妈妈旁边飞驰而过，开心地喊着：“我先走喽！”风，把绫子的头发吹得往后翻飞。